WANNA GO for a RIDE?

« Tous droits de reproduction, d'adaptation ou de traduction, intégrale ou partielle réservés pour tous pays. L'auteur ou l'éditeur est seul propriétaire des droits et responsable du contenu de ce livre. Le Code de la propriété intellectuelle interdit les copies ou reproductions destinées à une utilisation collective. Toute représentation ou reproduction intégrale ou partielle faite par quelque procédé que ce soit, sans le consentement de l'auteur ou de ses ayants droit ou ayant cause, est illicite et constitue une contrefaçon, aux termes des articles L.335-2 et suivants du Code de la propriété intellectuelle. »

© 2025 E.M. KIMBERLEY
Édition : BoD · Books on Demand, 31 avenue Saint-Rémy, 57600 Forbach, bod@bod.fr

Impression : Libri Plureos GmbH, Friedensallee 273, 22763 Hamburg (Allemagne)

ISBN : 978-2-3225-6119-3
Dépôt légal : février 2025
Illustration / Composition de la couverture : Emma Faquet (@crayons_des_histoires_)
Instagram : @eloisemichaels

Loi n°49-956 du 16 juillet 1949 sur les publications destinées à la jeunesse

MOT DE L'AUTEURE

Dans cette novella, je voulais mettre en avant la douceur entre les deux personnages. Pas de drames inutiles, donc, entre Lucie et Cameron. Juste un bar à Edimbourg, un voyage imprévu, un ranch et un peu de poussière. Quelques secrets aussi, mais pas très bien gardés. Vous trouverez de l'amour et de la douceur. Une histoire courte pour, je l'espère, passer un bon moment en leur compagnie.

Montana skies, Georgia sunsets
You're the one walking in my head
- Jonas Brothers, Montana Sky

PROLOGUE

Édimbourg, février

— Tu tires une de ces tronches !

Gwen m'apostrophe alors que nous déambulons dans les rues d'Édimbourg pour regagner notre hôtel, les épaules meurtries par nos lourds *totebag* remplis de livres.

— Je pensais que tu adorais venir ici !

— J'adore ça, protesté-je, mais cette année, je ne sais pas, je n'ai pas vraiment le goût d'être là.

Je hausse les épaules, peu convaincue par mon explication.

— Oui, ça en a l'air avec tes sacs bourrés à craquer de romans, se moque gentiment mon amie.

Comme toujours en février se tient le Cosy Book Fest, un festival qui s'étant sur trois jours et qui met à l'honneur la littérature. Si c'est pour le travail que je viens cette année, c'est toujours avec plaisir que je me rends à Édimbourg et que j'arpente les allées du festival. Je ne me suis jamais sentie aussi bien qu'en Écosse. J'ai même envisagé plusieurs fois de venir m'y installer, mais je n'ai jamais franchi le cap. J'ai toujours eu peur de laisser ma famille, de ne pas réussir à me faire de nouveaux amis ici, moi qui n'arrive déjà pas à m'en faire beaucoup en France…

Cette année cependant, les conditions dans lesquelles je suis venue au festival ne me plaisent pas trop. Mandatée par une maison d'édition, je devais rencontrer plusieurs auteurs et autrices pour alimenter mes réseaux et j'ai eu l'impression de ne pas avoir une minute à moi. Pour la première fois depuis que je suis influenceuse littéraire – je ne suis d'ailleurs pas très adepte de ce terme – j'ai eu l'impression de me forcer à mettre en avant certains livres, tenue par mon contrat.

— Je t'avais dis de bien lire les petits caractères, me réprimande gentiment Gwen.

Contrairement à moi, mon amie choisit avec plus de soin ses partenariats. Ma nouvelle notoriété m'est un peu montée à la tête et je dois bien avouer que j'aspire à retrouver plus de tranquillité, à m'éloigner un peu des réseaux sociaux pour me retrouver et renouer avec la Lucie que je suis vraiment.

Gwen passe un bras sous le mien et me rapproche d'elle.

— J'ai une super idée, on va déposer nos sacs, prendre une douche et ensuite on va boire un verre ! Je connais un super endroit.

Après ce troisième jour à arpenter les allées du festival, à faire la queue pour dédicacer mes romans et créer du contenu pour mes réseaux sociaux, j'aurais préféré m'écrouler sur mon lit. Cependant, je ne me vois pas refuser cette sortie alors que Gwen se propose de me changer les idées.

– OK, mais alors on ne rentre pas tard !

*

Si on m'avait dit, lorsque je suis arrivée à Édimbourg, que je me retrouverais à affronter un écossais épais comme une armoire à glace lors d'un *blind test* dans un pub, je ne l'aurais jamais cru. Pourtant, c'est bien ce qui est en train de se passer. Dès que nous sommes entrées dans le bar, je n'ai pas pu résister à l'appelle de la musique !

Le DJ passe une nouvelle chanson, que je reconnais dès les premières notes, mais je laisse une chance à mon adversaire de faire la différence. Il met un temps interminable pour reconnaître un célèbre tube de Elton John. Je trépigne le temps qu'il trouve le titre. Je vois à son visage qu'il reconnaît la chanson, mais qu'il ne sait plus comment elle se nomme.

— Elton John ! finit-il par beugler.

— Quelle chanson ? demande l'animateur.

Mon adversaire ne le sait pas. Je me mords les lèvres pour retenir la réponse, lui laissant une chance. Après tout, j'ai de nombreux points d'avance et c'est notre dernière chanson à découvrir. Cependant, le géant écossais secoue la tête de droite à gauche. Je saute sur l'occasion.

— *I'm Still Standing* !

— Nous avons une gagnante !

Je lève les bras en l'air et sautille de joie.

J'aime gagner, je ne m'en suis jamais cachée et l'alcool ingurgité ce soir décuple cette facette de ma personnalité. L'écossais me tape l'épaule et me félicite, bon joueur. Il veut m'offrir un verre pour fêter la victoire, mais je refuse. Gwen m'attend un peu plus loin. Je me détourne rapidement pour aller la retrouver, mais dans ma précipitation j'entre en collision avec un mur. Ou plutôt, avec un torse.

— Oh ! Je suis désolée !

J'attrape des serviettes en papier sur le comptoir lorsque je me rends compte que le verre du pauvre malheureux s'est renversé sur lui. Force est de constater qu'au lieu d'éponger la bière, je suis plutôt en train de palper ses muscles.

— Je suis vraiment, vraiment désolée, je répète.

— Ce n'est rien.

La voix est rocailleuse, comme s'il n'avait pas parlé depuis longtemps, et surtout, les intonations ne sont pas écossaises. Après quatre jours à me familiariser avec cet accent à couper au couteau, je le reconnaîtrais entre mille.

— Laissez-moi vous offrir un verre, pour me faire pardonner.

Et, alors que j'avais refusé le verre proposé un peu plus tôt par le perdant du *blind test*, je commande une nouvelle pinte pour ma victime et moi.

— Tenez…

Je laisse ma phrase en suspend, dans l'espoir qu'il me donne son prénom.

— Cameron, m'apprend-il en souriant.

— Lucie, réponds-je sur le même ton.

Je recule un peu pour m'éloigner du comptoir et sa main se pose sur ma taille. Je m'offusque d'abord, avant de me rendre compte qu'il se contente de me rattraper avant que j'entre en collision avec une nouvelle personne. Sa main se volatilise dès que la catastrophe est évitée.

— Vous n'êtes pas d'ici, dis-je en grimpant sur un tabouret miraculeusement inoccupé.

— Vous non plus.

Il ne s'assoit pas, se contente de s'appuyer sur la table qui nous sépare. Nos yeux sont à hauteur égale. Je n'avais pas remarqué qu'il était si grand, trop occupée que j'étais à lui caresser le torse.

— Je suis française et vous ?

Cette conversation ne suit aucun fil conducteur, les mots sortent de ma bouche sans y être invités. À l'éclat de ses yeux, je comprends que ça l'amuse.

— Je viens du Montana, je suis cowboy dans un ranch.

Je manque de m'étouffer avec ma gorgée de Teddy Lager.

Je déteste cette bière, je ne sais pas pourquoi j'en bois depuis le début de la soirée.

— Un vrai de vrai ?

— Un vrai de vrai.

— J'ai toujours rêvé d'aller dans un ranch, je dis en posant mon menton sur la paume de ma main.

Bon, j'ai toujours rêvé d'y aller parce que j'adore les romances avec des cowboys, mais il n'est pas obligé de le savoir.

— Vraiment ? questionne-t-il, l'air sincèrement étonné.

— Vraiment, je confirme.

Il me sourit, le monde s'éclaire.

Nous continuons à discuter pendant un moment. J'ai vaguement conscience que le pub se vide peu à peu. La conversation de Cameron est intéressante. Il m'apprend beaucoup de choses sur sa vie au ranch et dans le Montana en général. De mon côté, je lui livre quelques anecdotes. Il n'y a pas de gêne entre nous, notre ivresse aidant certainement. Il semble m'écouter avec attention, buvant mes paroles. Je suis sûre que nous aurons oublié la moitié de ce qu'on se raconte dès demain, mais sur le moment ça me fait du bien de discuter avec quelqu'un. Je bute souvent sur les mots, ne trouvant pas forcément le vocabulaire dont j'ai besoin pour m'exprimer correctement. Mes structures de phrases doivent être aléatoires. Cameron semble cependant me comprendre alors je ne m'en formalise pas. Je profite de l'instant. Dès demain, je serai dans l'avion qui doit me ramener en France. Une nouvelle pinte fait son apparition sur la table. J'ai vaguement conscience d'être plus ivre que d'ordinaire, mais je profite de l'instant, riant à gorge déployée à la blague que fait Cameron.

— Tu devrais venir, un jour.

— Où ça ?

— Au ranch, dit-il en haussant les épaules.

— Et je viendrai te voir faire du rodéo ?

— Ça serait cool.

Je reste pensive un instant.

— Ouais, ça serait cool.

CHAPITRE 1

Arras, juin

Je me réveille en sursaut alors que mon alarme se déclenche. Je me redresse dans mon lit, la respiration rapide. Je peine à ouvrir les yeux, me débarrassant au passage du masque que je garde pour dormir. Nous sommes dimanche, il est à peine huit heures et je n'ai rendez-vous chez mes parents que pour l'heure du repas. Pourquoi diable mon réveil sonne-t-il maintenant ? Je saisi mon téléphone qui, à force de vibrer, est tombé sur le tapis. Je fronce les sourcils en découvrant ce qui s'affiche sur mon écran.

— Qu'est-ce que c'est que ce délire ?

Ce n'est pas mon réveil qui vient de sonner, mais un rappel.

« départ pour le Montana : lundi 19 juin »

Mon cœur se met à battre la chamade. Est-ce que j'aurais oublié un événement auquel je suis invitée ? Je me dépêtre de mes couvertures, vais ouvrir mon volet et laisse entrer la lumière du début de journée dans ma chambre.

C'est à peine si je jette un œil au beffroi, alors que d'habitude je commence ma journée en le détaillant. Mon appartement est sur la petite place, juste en face de l'horloge. Les arrageois grouillent déjà dans les rues, profitant de la fraîcheur de la matinée pour aller prendre un café sur la place avant d'aller se balader à la citadelle ou dans le dédale des rues qui sillonnent la ville. De mon côté, je manque de tomber à cause des vêtements qui jonchent le sol alors que je me dirige vers mon bureau. J'allume mon ordinateur et consulte mes mails. Je ne vois absolument rien qui justifierai que je doive prendre un avion dès demain matin ! Je n'ai rien de prévu… Je consulte alors ma messagerie personnelle et c'est là que je trouve les billets d'avion au départ de Paris. Je les ai réservé il y a six mois. Bon sang de bois, comment est-ce que j'ai pu réserver des billets et ne pas m'en souvenir ? Et où étais-je, il y a six mois ?

Je fais tourner mes méninges et, tout à coup, tout prend sens. Il y a six mois, j'étais à Édimbourg, j'y ai rencontré un cowboy et j'ai réservé mes billets d'avion sur un coup de tête. La Lucie ivre pensait certainement que la Lucie sobre annulerait le voyage, mais pas du tout ! Au contraire, la Lucie sobre ne se souvient pas de grand chose de cette soirée !

— Dans quelle galère est-ce que je me suis encore fourrée ?

Je ferme mon écran d'ordinateur et reste assise à mon bureau, le regard dans le vide. J'essaie de réfléchir aux derniers mois. Je me souviens vaguement de cette dernière soirée à Édimbourg, d'avoir gagné un *blind test* et d'avoir bu plusieurs bières avec un beau brun aux yeux verts. Je me souviens aussi que Gwen était là… Gwen ! Bien sûr, si quelqu'un a des réponses, c'est bien elle !

Malgré l'heure matinale, je sais d'avance qu'elle sera réveillée pour son *live* quotidien. En semaine, elle se lève de bonne heure pour aller travailler et, le weekend, elle se lève de bonne heure pour aller à la salle de sport. Contrairement à moi, elle ne vit pas de son travail d'influenceuse littéraire. Elle conserve donc son emploi dans la boutique de vêtements de sa tante, dans le sud de la France. Malgré les kilomètres qui nous séparent, nous sommes très proches et je pense que c'est le genre de relation qui me convient. Je n'ai jamais eu besoin de voir les gens tous les jours.

— Tu es déjà levée ? Tu sais qu'on est dimanche, pas vrai ?

— Oui je sais, mais il faut que tu m'aides.

Gwen, affalé dans son canapé, se redresse.

— Meuf, ça va ?

— Oui, non, je ne sais pas, soupiré-je.

Gwen fronce les sourcils et baisse le son de la télé.

— Qu'est-ce qui se passe ?

— Tu te souviens de notre séjour à Édimbourg, en février ?

— Bien sûr.

— Est-ce que tu te souviens de notre dernière soirée ?

Elle prend le temps de réfléchir avant que son visage ne s'illumine et se fende d'un sourire.

— Le soir où tu as rencontré le beau cowboy ?

— Oui !

— Eh bien ?

— Est-ce que je t'ai parlé de lui ?

— Tu n'as pas arrêté une seule seconde ! Je crois même que tu voulais réserver des billets pour aller le voir.

— Meuf, je l'ai fait.

Mon amie me regarde sans un mot.

— Comment ça ? finit-elle par demander.

Je passe une main sur mon front, cherchant les mots pour lui expliquer dans quel pétrin je me suis mise.

— J'ai réservé les billets le soir-même. On devait encore être au bar, d'ailleurs.

— C'est une blague ?

Je secoue la tête, elle éclate de rire.

— Oh merde… et tu pars quand ?

— Les billets sont pour demain…

— Oh merde, répète-t-elle, qu'est-ce que tu comptes faire ?

Malgré le côté complètement farfelu de cette situation, une partie de moi a très envie de s'envoler pour le Montana. C'est l'été, je n'ai presque pas d'obligations et celles que j'aie, je peux les faire à distance.

—Je ne sais pas, y aller je pense.

— Tu es sûre de toi ?

Je regarde ma meilleure amie, fraîche comme un gardon malgré l'heure matinale. De son côté, je sais qu'elle aurait pesé le pour et le contre. Passé le choc de la surprise, l'évidence s'impose cependant à moi : je vais me rendre au Montana, je vais retrouver Cameron.

— Certaine !

De l'autre côté de l'écran, Gwen me sourit de toutes ses dents.

— Tu es complètement cinglée !

Je ris avec elle.

— Au moins, ça te fera une bonne histoire à raconter.

*

— Comment ça, tu pars demain pour le Montana ?

Ma mère se retourne, son économe et une pomme de terre à la main. S'il y a une chose qui ne changera jamais, c'est le fameux poulet-frites du dimanche.

— J'ai réservé mes billets il y a six mois.

— Oui, mais tu ne vas pas partir, n'est-ce pas ?

Ma mère se remet à éplucher sa pomme de terre comme si de rien n'était, puis elle la coupe et l'ajoute à l'énorme saladier des quartiers qui seront bientôt frits.

— Bien sûr que je vais partir.

— Gwen vient avec toi ?

— Non, je pars toute seule.

Ma mère laisse tomber son économe et une nouvelle pomme de terre avant de se tourner vers moi, les mains sur les hanches. Son regard furibond m'apprend tout ce que je dois savoir sur son état : elle est en colère.

— C'est hors de question !

Je lève les yeux au ciel, puis c'est mon corps qui se lève pour aller à la rencontre de celui de ma mère. Je la prends dans mes bras. Elle a beau répéter à qui veut l'entendre qu'on fait la même taille, c'est avec facilité que je pose mon menton sur le haut de son crâne.

— Tout va bien se passer, tu sais ?

— Justement, je n'en sais rien.

Elle passe ses bras autour de moi et me serre contre elle. Nous commençons à nous balancer au rythme d'une musique connue de nous seules. Mon père fait irruption dans la cuisine, le chien de la famille sur les talons. Rufus se dirige d'un pas lent vers le tapis qui lui est réservé dans la cuisine, sous le regard de mon paternel avant qu'il ne le tourne dans notre direction et prenne conscience de l'ambiance qui règne dans la pièce.

— Qu'est-ce qui se passe ici ? questionne-t-il.

Ma mère se détache de moi et plante ses yeux dans les siens.

— Ta fille prend l'avion demain.

Mon père fronce les sourcils, dépose ses lunettes sur le bout de son nez et regarde le calendrier qui est accroché sur le frigo. Mes parents ont toujours pris soin de noter nos obligations, à ma sœur et moi, afin de ne louper aucune d'entre elles et de savoir où nous nous trouvions. C'est leur façon de veiller sur nous depuis que nous avons quitté le nid.

—— Rien n'est écrit sur le calendrier.

Il tapote la date de demain, vide. Je déteste quand ils font comme si je n'étais pas dans la pièce.

— Je sais, soupiré-je, j'avais oublié ce voyage.

— Comment ça ?

Il a parlé d'une voix si froide que même Rufus a relevé la tête, inquiet. Mon père n'aime pas l'imprévu. Le calendrier, c'était son idée.

— J'ai réservé ce voyage il y a six mois…

— Complètement ivre !

Je maudis ma sœur qui se manifeste seulement maintenant, depuis le salon où elle est censée travailler pendant que j'aide ma mère à préparer le repas – entendre : la regarder éplucher et couper les pommes de terre en racontant ma vie. D'un même mouvement, mes parents se tournent vers moi.

— Pardon ?

— Ce n'est pas si terrible que ça en a l'air, réponds-je en levant les yeux au ciel.

— Et on peut savoir comment tu as organisé ce voyage, si tu étais ivre ?

Je peux deviner l'énervement de mon père grandir à mesure que je leur explique que j'ai rencontré un homme dans un bar à Edimbourg. Qu'une chose en entraînant une autre, je me suis retrouvée à organiser un séjour chez lui cet été et que, malgré tout, je n'ai pas peur de m'y rendre. Au contraire, les bribes de souvenirs qui me reviennent de cette drôle de soirée me donnent envie de le retrouver et d'apprendre à mieux le connaître. Une certaine part de mystère l'entourait, une aura de timidité et de charme qui ne demandait qu'à se dévoiler au reste du monde. C'est étrange de me souvenir de tout cela maintenant alors que, durant six mois, je n'ai jamais repensé à lui… À moins que mon envie de lire des romances mettant en scène des cowboys ces derniers mois était un message subliminal ? Mon inconscient cherchait peut-être à me rappeler que ce voyage allait bientôt arriver…

— C'est inconscient ! rugit mon père.

— Papa, tempéré-je, je ne suis plus une petite fille !

— Il n'y a pas d'âge pour se faire agresser par un cinglé, grommelle-t-il.

Je lève les yeux au ciel et cherche du soutien du côté de ma mère : rien.

— Je vous promets de faire attention. Je ne vais pas tomber dans ses bras et ne plus jamais revenir. Je ne pense pas non plus finir séquestrée.

Ils me réprimandent encore un peu, pour la forme, mais je sais qu'ils se font doucement à l'idée. Une fois leur sermon terminé, j'attrape assiettes et couverts avant de me diriger vers la salle à manger. Ma sœur, Mathilde, me rejoins.

— Tu aurais pu la fermer.

— Il ne fallait pas me prévenir la première, se moque-t-elle.

Sur la route, j'ai appelé ma sœur pour me confier à elle. Je ne pensais pas qu'elle lâcherait le morceau, cette traîtresse.

Mathilde rit et nous mettons la table en nous chamaillant gentiment.

Le repas se passe sans anicroches. Après avoir dégusté le poulet-frites et la tarte aux pommes, nous nous affalons dans le canapé, le chien à nos pieds, pour regarder un film. Dès que le générique de fin s'enclenche, je salue toute cette petite troupe pour regagner mon appartement. Mes parents habitent en dehors du centre-ville, il me faut une petite vingtaine de minutes pour regagner mon logis à pied. Je profite de la douceur de la soirée, prenant mon temps pour flâner dans les rues pavées qui finiront par m'emmener jusqu'à la place. Je grimpe ensuite dans mon appartement par l'escalier en bois qui grince sous mes pas. Une fois arrivée, je me dirige vers ma chambre et commence à préparer ma valise. Je n'ai aucune idée de ce qu'il faut que j'emporte pour passer trois semaines au Montana, alors je prends un peu de tout en faisant attention à ne pas trop charger mon bagage. C'est la boule au ventre que je me couche en n'oubliant pas de mettre un réveil de bonne heure. Il faudra que je remonte jusqu'à la gare à pied. De là, je prendrai un train jusque Paris et, de Paris, un avion qui me conduira à Great Falls.

Lorsque je m'endors, c'est le visage de Cameron qui se dessine derrière mes paupières. Je n'ai pas pensé à lui une seule fois en six mois et voilà que je m'apprête à le rejoindre dans son ranch. Est-ce insensé ? Est-ce que je devrais m'interroger davantage ? Est-ce que je ne suis pas en train de rejoindre la planque d'un tueur en série ? Mes rêves sont plein de cowboys, de courses poursuites dans les montagnes, de chevaux sauvages. Mon sommeil est agité, mais une certitude se dessine au bout du compte : je n'aurais de réponse à mes questions qu'une fois que j'aurais atterri.

CHAPITRE 2

Arpenter les rues d'Arras alors que le jour se lève à peine est une de mes activités favorites. J'ai toujours aimé cette ville et m'y suis toujours sentie à l'aise. Pourtant ce matin, c'est la boule au ventre que je traverse la ville, traînant derrière moi ma valise qui fait un boucan du diable. Je suis même étonnée que personne n'ait ouvert ses volets pour me demander d'arrêter de faire autant de bruit.

Le chemin de mon appartement à la gare n'est pas très long, cependant il est pavé et les roues de ma valise ne font que s'entrechoquer sur les pierres. J'essaie de faire abstraction du bruit, qui se répercute d'autant plus qu'il n'y a pas un chat dehors, et continue ma route. Il n'est pas question que j'arrive en retard et que je loupe mon train. C'est ma première inquiétude. La deuxième ? Prendre l'avion. Je ne l'ai jamais pris pour des trajets si longs. Je me contente toujours de faire des vols courts, et la plupart du temps je m'arrange pour me déplacer autrement. Gwen, qui m'a envoyé un message aux premières lueurs du jour, a essayé de me rassurer en me disant que les accidents étaient rares, mais qu'ils étaient impressionnants et que c'était la raison pour laquelle on en faisait toute une histoire.

Je ne pense pas qu'il soit utile de préciser que je n'ai pas du tout été rassurée.

J'arrive pile à l'heure pour prendre mon train. Je m'effondre sur mon siège après avoir déposé ma valise dans le compartiment prévu à cet effet et m'endors dès la seconde où le train se met en marche. J'ai eu un sommeil agité toute la nuit, rêvant tantôt que je parcourais les plaines sauvages du Montana à cheval, les cheveux au vent, tantôt que je tombais de selle et que j'étais piétinée par un cheval. Je ne parle pas de celui où je me retrouvais entièrement nue à l'aéroport, un baluchon sur l'épaule, des Santiags fluo aux pieds. On dit que les rêves ont toujours une signification, si c'est bien le cas, je me demande ce que les miens veulent dire…

— Mademoiselle, nous sommes arrivés.

Mon voisin me secoue légèrement pour me réveiller, je ne me suis même pas aperçue que nous étions en gare ! Heureusement que ma destination est le terminus, sinon Dieu seul sait où je me serai retrouvée…

— Merci.

Je lui offre un sourire poli et quitte mon siège à sa suite. J'attrape ma valise, que j'ai essayé de ne pas trop charger, et quitte le wagon. L'effervescence de l'aéroport m'attrape tout de suite à la gorge. Si je ne suis pas de nature timide, je ne suis pas non plus adepte de la foule. Je prends sur moi, fais rouler ma valise jusqu'au hall principal et pars m'enregistrer. Lorsque c'est fait, il ne me reste plus qu'à patienter. Je regarde les avions décoller, les voyageurs déambuler dans le hall, les parents retenir leurs enfants qui veulent s'enfuir. Certains n'y parviennent pas et je ne peux que contempler leur détresse alors que leurs bambins courent dans tous les sens en hurlant. C'est une campagne vivante pour la contraception. Qui voudrait de tels monstres après avoir passé cinq minutes dans un aéroport ?

Mon téléphone vibre contre ma cuisse, m'arrachant à ma contemplation.

— Allô ?

— Ah super, tu n'es pas encore dans l'avion !

— Salut Mathilde, dis-je en souriant, que me vaut le plaisir ?

— Je voulais simplement savoir comment tu vas, tu as réussi à dormir ?

— Pas tellement, mais je me suis rattrapée dans le train et je compte bien essayer de le faire dans l'avion.

Ma sœur accapare mon temps pendant plusieurs minutes, parvenant ainsi à me faire oublier que je m'apprête à traverser un océan pour rejoindre un mec que j'ai rencontré dans un bar. C'est totalement fou, ça paraît irréel. Qu'une telle chose se produise dans un livre ou dans un film ne me pose pas de problème. Après tout, je ne lis pas ou ne regarde pas un film pour trouver un exact reflet de la réalité. Je le fais plutôt pour y échapper. Je ne peux m'empêcher de penser que tout cela est un rêve – très réaliste – et que je vais bientôt me réveiller. Pourtant, lorsque la petite voix appelle les passagers du vol en direction de Great Falls, Montana, je ne peux que me rendre à l'évidence : tout ceci est bien vrai.

— Je dois raccrocher, j'embarque !

— Bon courage ma poule ! Envoie-moi un message dès que tu atterris !

— Promis.

Je raccroche, envoie un message à mes parents pour leur dire que je suis sur le point d'embarquer, qu'ils me manquent déjà et que je ne manquerai pas de les tenir informés de mon voyage, avant de m'avancer vers les portes d'embarquement.

Je me retrouve coincée entre un homme d'une quarantaine d'années et sa femme qui, apparemment n'ont pas fait attention que leurs sièges n'étaient pas côte à côte en réservant leurs billets. Ainsi, dès que nous sommes assis, ils se mettent à parler au-dessus de moi, comme si j'étais transparente. Je sais bien que je suis petite, mais je ne suis pas non plus minuscule au point d'en devenir invisible.

— Voulez-vous que j'échange de place avec l'un de vous ? proposé-je.

— Ah non ! s'offusque la femme, si l'avion s'écrase, ils feront une reconnaissance avec les fichiers des passagers. Je ne veux pas qu'on croit que je suis morte parce que vous avez pris ma place.

Charmant…

Je tourne le regard vers son mari, qui se contente de lever les mains et de secouer la tête. Très bien, je suppose que l'univers me met à l'épreuve. Apparemment, que j'aille rencontrer un inconnu à des milliers de kilomètres de chez moi ne semble pas être suffisant.

Je soupire, sors mon livre de mon sac ainsi que mes écouteurs filaires. Autant profiter du voyage pour lire un peu ! Avec de la chance, l'histoire de cette fille enlevée par un mafieux qui l'a croisée dans la rue et est tombé sous son charme parviendra à me faire oublier le côté loufoque de mon voyage.

Ou pas.

J'ai à peine lu deux pages que je suis déjà en train d'imaginer des scénarios improbables dans mon esprit. Et si tout cela était un piège ? Et si je me retrouvais dans un trafic humain ? Si c'est le cas, il a été très patient et n'a pas tenté une seule fois de me retrouver… À moins que ça ne soit pour endormir mes doutes ? Pour que je fonce dans son piège tête baissée, sans me soucier de ce qui peut m'arriver ? Mes parents avaient raison, je n'aurais jamais dû partir ! Comment réagiront-ils quand ils me verront dans la section des faits divers ?

Je referme mon livre, incapable de me concentrer sur l'histoire. Bien sûr, c'est le seul que j'ai pris. Ma liseuse est bien au chaud dans ma valise. Il ne me reste donc plus qu'à essayer de dormir pour faire passer le temps. Malheureusement pour moi, le voyage est ponctué de turbulences. Serait-ce encore un signe de l'univers ? C'était peut-être ça, la signification du rêve aux Santiags fluo…

*

L'aéroport est plus petit que je ne pensais, mais cela ne l'empêche pas de grouiller de monde. Les passagers se bousculent pour récupérer leurs bagages tandis que je scrute chaque recoin. J'ai l'impression de me retrouver dans une série américaine qui prendrait place dans une petite ville. Je ne connais rien du Montana, je ne connais rien des États-Unis en général. Ça n'a jamais été une destination de rêve. Je ne me suis jamais réveillée un matin en me disant qu'il fallait que je vive mon rêve américain, bien au contraire ! Je préfère largement les côtes anglaises. Pourquoi fallait-il que je rencontre un cowboy ? Pourquoi fallait-il que la Lucie ivre réserve des billets d'avion ? Je ne pouvais pas rencontrer un écossais ? Après tout, ils étaient en nombre dans le pub, ce n'est pas comme si c'était une denrée rare... Peu importe, maintenant que je suis là, je ne vais pas faire machine arrière.

Le vol a été interminable. Le couple entre lequel j'étais assise n'a pas arrêté de parler de tout le voyage. Je sais maintenant que Jeannette a des hémorroïdes tenaces et que Robert a facilement des cloques. Un vrai plaisir. Je n'ai pas réussi à fermer l'œil. Je n'ose pas croiser mon reflet. L'odeur qui se dégage de mon pull me suffit amplement pour me faire comprendre que je ne suis pas de première fraîcheur. Je me raisonne en me disant que s'il est tombé sous mon charme alors que j'étais ivre, Cameron me trouvera toujours séduisante après plusieurs heures dans un avion, non ?

Lorsqu'il y a moins de monde autour des tapis roulants, je m'avance et récupère ma valise. Après une grande inspiration, il est temps que je me dirige vers le hall. Je suis le mouvement des passagers, surveillant du coin de l'œil les panneaux indicatifs. Je me retrouve vite dans l'entrée de l'aéroport. Je scrute les lieux à la recherche d'un jeune homme qui tiendrait une pancarte avec mon nom, mais je ne vois rien. En fait, je ne sais pas vraiment à quoi je m'attends pour ces retrouvailles. Est-ce qu'il va venir me chercher ? Est-ce que je vais devoir prendre un taxi ? Merde, je ne sais même pas où je dois aller ! C'était une mauvaise idée dès le départ et je ne peux que regretter amèrement cette décision.

Las, je sors mon téléphone de mon sac et le rallume. Je croule sous les notifications : mes parents sont inquiets de n'avoir aucune nouvelle. Je m'empresse de leur écrire même si avec le décalage horaire ils n'auront pas tout de suite le message. Quoi que, je ne serai pas étonnée que ma mère ait fait le pied de grue dans l'attente d'un signe de vie.

N'osant jamais me servir de mon téléphone en vol, je n'ai pas pu profiter des nombreuses heures qui m'étaient offertes pour faire d'éventuelles recherches. Peut-être que Cameron a un compte Instagram ou une page Wikipédia. Des quelques bribes qui me restent de cette folle soirée à Édimbourg, je me souviens qu'il m'a confié être champion de rodéo.

Je tape quelques mots-clés sur internet et tombe sur plusieurs liens qui me dirigent vers des sites dédiés à cette pratique sportive. Des Cameron, il y en a des tas ! Je soupire de frustration, prête à abandonner, lorsqu'un visage retient mon attention. C'est lui ! Je reconnais les yeux envoutants, les cheveux foncés, la moustache et la barbe légère. Son regard me transperce à travers mon écran et mon allure se rappelle à moi. Bon sang de bois, il va regretter de m'avoir invité chez lui dans la seconde où il va me voir ! À condition qu'il se souvienne de ma venue, bien sûr. Il y a un lien vers un compte Instagram sous la présentation du cowboy. Je clique dessus et suis déçue de constater que le compte n'a qu'une seule photo et qu'elle est floue. Il n'y a rien qui puisse me permettre de savoir si oui ou non il appartient à un réseau de trafic d'êtres humains ou s'il est conscient de ma venue. De mon côté, je prends mes mesures de précaution en faisant une story et en indiquant bien l'endroit où je me trouve. Quitte à risquer ma vie pour une paire d'yeux verts, autant assurer mes arrières. Si je disparais, on pourra me retrouver plus facilement.

En plein dans mon délire paranoïaque, je ne me rends pas compte tout de suite qu'une ombre plane au-dessus de moi. Il faut un raclement de gorge pour que je relève les yeux de mon écran.

Mon souffle se coupe.

Il est là, devant moi.

CHAPITRE 3

J'ai du mal à croire qu'il se tienne là, un sourire aux lèvres qui fane dès que ses yeux tombent sur moi. Je le savais, les heures d'avion n'ont pas eu un effet bénéfique.

— Lucie, tout va bien ?

Un pas suffit pour qu'il soit devant moi, un air inquiet sur le visage. Sa voix, légèrement caverneuse, me fait frissonner.

— Tu n'as pas l'air en forme…

Je passe une main sur mon front et colle un sourire sur mon visage.

— Non, tout va bien, c'est juste que…

Je cherche mes mots. Comment lui expliquer, sans le blesser, que j'avais peur qu'il ne soit pas là ?

— C'est un peu étrange ? finit-il à ma place.

— Oui.

Il sourit et me fait signe de lui tendre ma valise.

— Ça l'est autant pour toi que pour moi…

Je le suis alors qu'il se dirige vers la sortie de l'aéroport. La chaleur environnante me surprend. Il faisait froid dans l'avion et le hall de l'aéroport était climatisé. Je grimace en me rendant compte que je n'ai pas prévu de lunettes de soleil à portée de main. Cameron m'ouvre la porte de son pick-up rouge après avoir mis ma valise dans le coffre et l'avoir attachée pour éviter qu'elle ne valdingue dans tous les sens.

— Tiens, dit-il en me tendant une paire de lunettes de soleil.

— Merci, réponds-je en rougissant.

Et maintenant ?

Cameron démarre et nous faisons quelques kilomètres sans prononcer un mot. Le silence n'est pas aussi pesant que je le pensais. Je résiste – par politesse – pour ne pas m'endormir, mais le vrombissement du moteur commence à me bercer et ça devient de plus en plus difficile de garder les yeux ouverts.

— J'habite à deux heures d'ici, tu peux dormir si tu veux.

— Tu as fait deux heures de route pour venir me chercher ? je questionne en me redressant.

— Ouais.

Il hausse les épaules, comme si ce n'était pas grand chose.

— Tu as traversé un océan, c'était la moindre des choses.

Gêné, il remet en place le chapeau de cowboy qu'il porte sur le crâne et se racle la gorge. Quelques nouvelles minutes s'écoulent avant que je décide de lui poser la question qui me brûle les lèvres. Je me tourne un peu dans sa direction. Son profil est tout aussi parfait que dans les souvenirs qui refont surface à mesure que je passe du temps à ses côtés. Sa mâchoire est bien dessinée, mais pas totalement carrée. Son nez est droit, ses sourcils épais et ses cils sont longs et me font rougir de jalousie. Comment j'ai pu me retrouver embarquée dans une histoire abracadabrante avec un type aussi beau ?

— Tu ne trouves pas ça bizarre ?

— Quoi donc ?

Il quitte un instant la route pour me regarder dans les yeux.

— Que je débarque comme ça, au bout de six mois.

— Pas spécialement, répondit-il en haussant les épaules.

Bon, il n'est pas aussi loquace que dans mes souvenirs.

— On ne se connaît pas…

— Je ne suis pas un tueur en série, Lucie.

OK, donc le gars lit aussi dans les pensées, à ce que je vois.

— Ce n'est pas une rencontre habituelle, tu peux bien m'accorder ça.

Il esquisse un sourire en coin.

— Il y a un hôtel près de chez moi, je peux t'y déposer si tu préfères.

Je l'examine. Je devrais dire que je préfère dormir à l'hôtel, que je serai plus rassurée de me trouver dans un lieu public plutôt que dans son ranch au milieu de nulle part. Pourtant, je me surprends à lui répondre que non. Je m'installe correctement sur mon siège et regarde la route défiler. Les paysages sont bien plus sauvages que dans mon coin du nord de la France. Les plaines sont immenses, les couleurs me semblent plus vives. Nous ne croisons pas grand monde. Cameron finit par allumer la radio, laissant échapper quelques notes de country dans l'habitacle. La musique et le vrombissement du moteur finissent par avoir raison de ma fatigue. Je ferme les yeux et me laisse bercer par le mouvement de la voiture, faisant étrangement confiance à cet homme que je ne vois que pour la deuxième fois de ma vie.

*

Je me réveille avec un filet de bave au coin des lèvres lorsque Cameron claque sa portière. Je le vois grimacer alors que je me remets doucement les idées en place.

— Désolé, dit-il en arrivant à ma hauteur, je ne voulais pas te réveiller.

J'attrape la main qu'il me tend pour descendre de la voiture. Mon regard est tout de suite attiré par les environs. Nous sommes au milieu de nulle part, pourtant loin de m'effrayer, la localisation du ranch me coupe le souffle. Tout est vert autour de nous et des montagnes se dessinent au loin. La grange retient particulièrement mon attention car, à l'inverse de celles que nous avons croisé sur la route, elle est peinte en vert clair. Je n'en détache le regard que lorsque des hennissements attirent mon attention.

— Bienvenue à *Sage Green Ranch*, m'annonce Cameron, une pointe de fierté dans la voix.

— C'est magnifique !

— Il y a encore beaucoup de travail, dit-il en baissant les yeux et en jouant avec un caillou du bout de sa botte. J'ai hérité du ranch il y a deux ans et je retape tout petit à petit, quand j'ai le temps.

À première vue, tout à l'air en ordre et je ne vois pas bien ce qu'il lui reste encore à faire. Peut-être parce que je n'ai aucune notion des travaux.

— Tu me fais visiter ?

Cameron regarde sa montre avant de me répondre :

— Je dois aller au ranch où je travaille pour rentrer le bétail. Repose-toi et je te fais visiter demain, OK ?

J'acquiesce, étonnée du pincement au cœur provoqué par son départ.

— Pas de soucis.

Cameron tourne les talons et se dirige vers la maison après avoir attrapé ma valise. Je suis surprise de constater que la porte n'est pas verrouillée à clé ; elle s'ouvre dans un grincement et je découvre un joli intérieur, décoré avec goût bien que sans prétention. Nous déboulons dans une grande entrée ouverte sur la cuisine et le salon. Le parquet grince sous nos pas et l'odeur du bois me parvient tout de suite, m'entourant de manière réconfortante. J'ai toujours été sensible à l'aura qui se dégage des maisons et je dois dire que je me sens tout de suite très bien chez Cameron. Je n'irai pas jusqu'à dire que je me sens comme chez moi, cependant je suis rassurée de constater que je n'appréhende plus mon séjour.

— Viens, me dit-il.

Je le suis dans une nouvelle pièce, qui s'avère être la chambre.

— C'est la seule qui est prête, m'informe-t-il en passant une main sur sa nuque. Fais comme chez toi. Je serai là pour le dîner.

— Tu veux que je prépare quelque chose ?

— Non, je m'en suis chargé.

Il m'offre un sourire chaleureux, quoi qu'un peu timide, puis il quitte les lieux en me répétant une nouvelle fois de faire comme chez moi. J'avoue que je ne me fais pas prier. Une fois que la porte d'entrée se ferme dans son dos, je me défais de mes chaussures, j'ouvre ma valise à même le sol et sors de nouveaux vêtements. J'observe ensuite les lieux, j'ouvre une première porte pour me retrouver dans une penderie, puis je finis par trouver la salle de bains. Je comprends ce qu'a voulu dire Cameron lorsqu'il m'a prévenue que les travaux n'étaient pas finis ! En effet, l'équipement de la salle de bains est précaire. Un robinet pend du mur dans une grande bassine posée sur un meuble et la douche n'est autre qu'un tuyau d'arrosage. Pourtant, je ne m'en formalise pas et me déshabille rapidement avant de me toiletter en vitesse. J'enfile ensuite ma tenue d'intérieure – un vieux jogging accompagné un large t-shirt basique – et retourne dans la chambre. Je m'effondre sur le lit sans prendre le temps de me mettre sous les couvertures et m'endors aussitôt.

*

C'est une odeur des plus agréables qui me sort de mon sommeil. Les rideaux ouverts laissent voir que la nuit est tombée. Mince, on dirait bien que je me suis endormie plus longtemps que je ne le pensais… Je me redresse et me frotte les yeux. Mon masque de nuit s'est fait la belle, mon élastique est arrivé au milieu de ma queue de cheval et une manche de mon tee-shirt est entièrement relevée sur mon épaule. Je m'extirpe du lit en prenant garde à ne pas me prendre les pieds dans ma couette. J'ai dû me glisser sous les draps pendant mon sommeil. Je remets de l'ordre dans ma tenue et quitte la chambre en plissant les yeux à cause de la lumière de la pièce principale.

Cameron est aux fourneaux. Il ne m'entend pas sortir de la chambre, je signale ma présence en me raclant la gorge. Il se retourne, un sourire embarrassé aux lèvres.

— Désolé de t'avoir réveillée, je ne pensais pas faire autant de bruit.

Je marche jusque l'ilot central et prend place sur un tabouret. Comment est-ce que je peux être encore aussi fatiguée ?

— Ce n'est pas le bruit qui m'a réveillée, c'est l'odeur.

Son sourire se fait plus franc et il se retourne pour éteindre le gaz.

— J'ai fait simple : une omelette et une poêlée de légumes.

Il rempli une assiette et me la tend. Le décalage horaire m'aurait plutôt fait manger un bol de céréales, mais l'odeur alléchante du repas de mon hôte me met l'eau à la bouche. Je lui fais honneur en m'empressant de goûter son plat. Il attend, toujours debout, que je lui fasse mon compte-rendu.

— Délicieux !

Il semble soulagé, se remplit une assiette et prend place en face de moi. Dans le silence qui nous entoure pendant que nous mangeons, je profite de le regarder. Ses cheveux sont plus longs que dans le vague souvenirs que j'en avais. Ils sont d'ailleurs coupés de la seule façon que je ne trouve pas attirante et qui pourtant sur lui est sublime. Je dois être sacrément ravagée par le décalage horaire pour trouver qu'une coupe mulet est attirante. Je quitte ses cheveux pour atterrir sur son front. J'en suis les contours et descends sur ses joues, rongées par une barbe rousse de trois jours qui se fond avec le brun de ses cheveux. Son nez droit me guide jusqu'à ses lèvres charnues qui, je le constate seulement maintenant, remuent. Je sors de ma contemplation pour me plonger dans ses yeux verts électrisants.

— Pardon ?

— Je te demandais si tu avais bien dormi.

— Oui, je réponds gênée, je suis désolée d'avoir monopolisé l'accès à la salle de bains, j'ajoute en pointant sa tenue de ma fourchette.

Cameron porte un coup d'œil sur ce qu'il porte. Il est toujours dans sa tenue de travail. Il grimace en le remarquant.

— Ne t'en fais pas pour ça, désolé pour l'odeur, plaisante-t-il.

À vrai dire, concentrée que j'étais sur celle du repas, je n'avais pas fait attention aux effluves de paille et de transpiration qui émanaient de lui.

— Oh non, je ne disais pas ça pour ça !

Quelle gourde !

Qui remercie son hôte en lui faisant remarquer qu'il fouette sévère ?

Il sourit et ses yeux se mettent à pétiller de malice.

— Et donc, tu as dis tout à l'heure qu'il n'y avait qu'une chambre, commencé-je pour changer de sujet, comment veux-tu qu'on s'organise ?

— Tu peux la garder, m'apprend-il en débarrassant, je vais dormir sur le canapé.

J'avise le canapé en question, qu'il me désigne d'un signe du menton.

Qu'est-ce que c'est que ce truc ? On dirait qu'il est tout droit sorti d'une maison de poupée. Mon regard voyage plusieurs fois entre le meuble et Cameron, essayant de comprendre comment le grand cowboy qui se tient devant moi va réussir à faire tenir son corps dans cet espace réduit. Je fronce les sourcils, arrivant à une évidente conclusion : il n'y arrivera pas.

— Hors de question, tu prends le lit.

— Tu es mon invitée.

— C'est chez toi et je suis en vacances.

Enfin presque, je dois avancer sur plusieurs lectures pour la rentrée, mais mon travail n'est pas aussi exigeant physiquement que le sien. Il passe une main sur sa nuque.

— Ça me gêne.

Comment peut-il être gêné de dormir dans sa propre chambre ?

— OK, alors il ne nous reste qu'une solution.

Et Dieu sait que je n'arrive pas à croire que je vais la proposer.

— On dort ensemble.

Le visage de Cameron devient livide.

— Quoi ?

— On dort ensemble.

— C'est un peu… précipité, non ?

Je ne suis pas du genre à me formaliser pour un simple couchage, je lève les yeux au ciel avant de répondre :

— Nous sommes adultes, on peut bien partager un lit sans qu'il ne se passe quelque chose entre nous.

Devant sa mine sceptique, j'ajoute :

— Si tu veux, on fait une muraille de coussins, mais je te préviens : je vais la faire tomber en deux secondes, je déteste me sentir oppressée en dormant.

— Tu me prenais pour un tueur en série il n'y a pas trois heures, me rappelle-t-il.

Je balaie sa remarque de la min.

— C'est un détail sans importance maintenant que je me suis familiarisée avec les lieux. Alors, questionné-je après une pause, qu'est-ce que tu en dis ?

— Euh… je…

— Parfait, alors on fait comme ça !

Je ne lui laisse pas le temps de répondre. Je sais que si je le fais, c'est moi qui vais finir par déclarer que je me suis laisser emballer et que c'est une idée pourrie. Il y a quelques heures à peine je redoutais que ce soit un tueur en série et maintenant je lui propose qu'on partage le même lit ? J'ai dû me cogner la tête à un moment ou un autre.

Je l'aide à faire la vaisselle puis m'éclipse quelques secondes pour récupérer mon téléphone. Mes proches doivent se demander ce qui m'arrive, je ne leur ai pas donné de nouvelles depuis un sacré bout de temps. Lorsque je reviens dans la cuisine, c'est au tour de Cameron de se rendre dans la chambre. J'entends le jet d'eau se mettre en marche pendant que je pars m'installer sur le canapé. Par tous les diables ! Ce truc est inconfortable ! Comment peut-il avoir pensé une seule seconde qu'il réussirait à y dormir ? Essayant malgré tout de trouver une position qui ne me détruira pas le dos, je dégaine mon téléphone et découvre qu'effectivement, j'ai de nombreux messages non lus.

GWEN : meuf, est-ce que tu es en vie ?
GWEN : LUCIE RÉPONDS-MOI
GWEN : J'appelle ta mère.

Je grimace, si Gwen a impliqué ma mère, je suis mal.

MAMAN : Lucie, Gwen m'a dit que tu ne lui avais pas répondu.

MAMAN : On s'inquiète, appelle-nous.

Je n'ai aucune idée de l'heure qu'il est en France à cet instant, mais peu importe, ma mère décroche à la première sonnerie et son visage apparaît en gros plan sur mon écran.

— Ma chérie, enfin !

— Désolée maman, je me suis endormie en arrivant.

— Tout va bien ?

— Oui, super ! Je n'ai pas encore vu grand-chose, cela dit.

— Tu es à l'hôtel ?

Ma mère se penche de droite à gauche, comme si elle pouvait mieux analyser le décor qui m'entoure.

— Non, il est venu me chercher à l'aéroport, dis-je en souriant.

— Tu vois, je te l'avais dit ! dit-elle en se tournant vers mon père. Il était déjà prêt à appeler le FBI, m'apprend-elle en levant les yeux au ciel.

Nous discutons encore un peu et, lorsque j'entends Cameron sortir de la chambre, je mets fin à la conversation avec ma mère. Elle ne cache pas sa déception, elle qui aurait voulu l'apercevoir. Je promets cependant de vite la rappeler et de la tenir au courant de mes aventures régulièrement.

— Désolé, je ne voulais pas interrompre ta conversation…

— Tu n'interromps rien, je le rassure, laisse-moi juste le temps de rassurer ma meilleure amie et je suis tout à toi.

Je le vois rougir à cette dernière phrase et je comprends alors le double sens qu'elle peut avoir. Je n'ajoute rien pour ne pas aggraver mon cas et envoie rapidement un message à Gwen. Elle le verra à son réveil. Je dépose ensuite mon téléphone sur la table basse et lui fais de la place sur le canapé. Il vient s'asseoir le plus loin de moi possible. C'est-à-dire presque sur l'accoudoir, tant le fauteuil est petit.

— Alors… essayé-je de lancer la conversation.

Il plante ses yeux verts dans les miens.

Les gens aux cheveux foncés et aux yeux clairs m'ont toujours fait peur, pour une raison que je ne m'explique pas. Pourtant, Cameron m'envoute. Je pourrai le regarder des heures durant. Pas étonnant que j'aie réservé des billets d'avion plus vite que mon ombre ! Voyant qu'il ne va pas parler de lui-même, j'essaie de lui tirer un peu les vers du nez.

— C'est quoi le programme ?

Il se racle la gorge, frotte ses mains sur le bas de jogging qu'il porte et me dit enfin, ses yeux évitant les miens.

— Demain je ne travaille pas, je pensais t'emmener découvrir la propriété. On peut aussi pousser jusqu'au ranch où je travaille… enfin sauf si tu avais prévu autre chose ?

J'éclate de rire.

— Pardon.

Cameron me regarde sans comprendre, fronçant les sourcils.

— Q'est-ce que j'aurais pu prévoir ?

— Eh bien… je ne sais pas trop en fait, dit-il avec un petit rire nerveux.

— Cameron, je commence en me rapprochant un peu de lui, c'est pour toi que je suis venue.

Son regard et le mien s'accrochent et ne se quittent pas pendant plusieurs secondes.

— Vraiment ?

— Vraiment.

Je lui souris, il me le rend et je comprends alors qu'il est sincèrement soulagé que je lui confirme que si j'ai traversé tout un océan, c'est pour le retrouver. Mes doutes sur cette folle aventure s'envolent. Ce n'est plus de la peur que je ressens, mais le sentiment irrépressible de le protéger. Je ne le connais pas, pas vraiment du moins, et pourtant je suis sûre d'une chose : on l'a fait souffrir par le passé et je compte bien faire en sorte de réparer ses blessures qui, je n'en doute pas, son encore à vif.

CHAPITRE 4

— Lucie, il faut vraiment que j'aille aux toilettes.

La communication, c'est important. Mais est-ce qu'on a vraiment besoin de tout se dire ? On se connaît à peine et voilà que Cameron commence la journée par cette information plus que personnelle. Le soleil perce à travers les rideaux fins – j'avais oublié que les américains ne connaissent pas les volets – finissant de me réveiller. Je grogne une réponse inintelligible.

— Il faudrait que tu te pousses…

Comment ça ?

J'ouvre un œil, puis deux, et prends doucement conscience de ma position.

Si nous nous sommes endormis chacun de notre côté du lit hier soir, voilà que Cameron est droit comme un piquet, au bord du matelas, pendant que j'occupe tout l'espace restant. Couchée sur le ventre, mon bras droit repose en travers de son visage, ma jambe le cingle. Mon tee-shirt est à moitié relevé, la couette est au sol. Je m'empresse de me reculer.

— Désolée, je marmonne en me frottant le visage, basculant sur le dos.

— Ce n'est rien.

Il se précipite hors du lit et va dans la salle de bains. De mon côté, je finis de me défroisser le visage et m'extirpe des draps à mon tour. Je m'occupe de faire le lit alors que Cameron sort de la pièce d'eau.

— Encore désolée.

— C'est rien. Bien dormi ? demande-t-il en se grattant la nuque.

— Comme un bébé !

Cette remarque le fait rire, le pauvre, il n'a pas dû fermer l'œil de la nuit. J'ai tendance à prendre toute la place et les cernes qui se dessinent sous ses yeux ne laissent pas de place au doute.

— Je prendrai le canapé cette nuit, ça te permettra de dormir tranquillement…

— Ce n'est pas la peine, j'ai passé une bonne nuit.

J'ai du mal à le croire, mais je ne vais pas insister. La conversation tournerait en boucle, sinon.

— Tu as faim ?

Les gargouillis de mon ventre répondent à ma place. Cameron laisse échapper un petit rire, passe une main dans ses cheveux en bataille pour les remettre en place et me fait signe de le suivre. Il attrape un tee-shirt au passage et je remarque seulement maintenant qu'il est torse nu. J'étais trop concentrée sur son visage, sur le trait d'oreiller qui barre sa joue et vient se fondre dans sa barbe, sur les traces de sommeil que l'on devine encore dans ses yeux verts, pour me rendre compte de la sculpture qui se tenait devant moi. Dieu merci, il dissimule rapidement son dos musclé avant que je ne puisse faire quelque chose de stupide. Comme le séquestrer dans sa chambre pour le regarder toute une journée ou le prendre en photo pour faire des posters grandeur nature.

Il est plus tôt que je ne pensais, le soleil se lève à peine, offrant une douce lumière orangée dans la pièce. Je redécouvre les lieux avec plaisir, me sentant étrangement chez moi dans cette maison plus petite que je ne pensais. Je prête plus d'attention à la décoration pendant que Cameron prépare le petit-déjeuner. Des fleurs fraîches trônent sur une étagère près de l'entrée, à côté d'un pot dans lequel se battent plusieurs trousseaux de clés. Dans l'entrée se trouve également un porte-manteau auquel pend une veste en jean élimée, une veste en cuir vieilli et ma veste de sport. Sur les murs je découvre de nombreux clichés et je ne résiste pas à l'envie d'aller les inspecter d'un peu plus près. De nombreux tapis jonchent le sol, étouffant le bruit de mes pas, mais n'empêchant pas le parquet de grincer. Sur la première photo, je découvre un couple et ses deux enfants. Aucun doute possible : il s'agit de Cameron et de ses parents.

— Tu as une sœur ?

— Katherine, se contente-t-il de me répondre depuis la cuisine.

Je continue ma progression, passant de l'enfance de Cameron à son adolescence. Je le découvre sur un cheval, un grand sourire aux lèvres.

— C'est Jolly, la jument de ma mère.

Je frisonne lorsque son souffle vient caresser ma peau, je ne l'ai pas entendu approcher.

— Elle est à la retraite maintenant.

— Ta mère ?

— La jument, répond-il en riant, ma mère donne encore quelques leçons d'équitation et emmène les touristes en excursion.

— Et ton père ?

— Toujours à la tête de son entreprise. Il gère un garage automobile en ville.

Il pointe du doigt une autre photo.

— Ici, c'est Bronx, tu le verras tout à l'heure. Ici, c'est Jamie, mon meilleur ami et sa sœur Sarah.

Cameron me détaille plusieurs photos, jusqu'à ce que l'on arrive à l'une d'elle qui retient particulièrement mon attention.

— C'est toi ?

— Ouais…

Il semble gêné de l'avouer.

— C'était lors d'un rodéo l'an dernier, au Texas.

La photo représente un cheval sauvage, complètement déchaîné, et Cameron qui se tient d'une main à une cordelette, son autre main dans les airs. Son chapeau est enfoncé sur sa tête, cachant son visage. Les muscles de la bête qu'il monte ressortent, ne laissant aucune place à l'imagination quant à la puissance qui s'en échappe. Le cavalier n'est pas en reste. La chemise à carreaux est retroussée sur les avant-bras, découvrant des muscles bandés.

— Et, je demande en me raclant la gorge, tu fais ça souvent ?

— Dès qu'un rodéo passe dans le coin.

Je me tourne vers lui sans m'attendre à ce qu'il soit si près de moi. Je lève les yeux, la gorge sèche.

— J'aurais l'occasion de te voir ?

Cameron hoche la tête, plongeant son regard dans le mien. Je n'ai jamais ressenti quelque chose de similaire. Déjà, je n'ai jamais traversé un océan pour rejoindre un mec que je connaissais à peine. Puis je n'ai jamais été autant attiré par quelqu'un, surtout en si peu de temps. Au contraire, je suis plutôt réservée de ce côté-là, considérant plutôt les hommes que je côtoie comme de bons amis plutôt que comme des partenaires potentiels. Ça m'a d'ailleurs valu mon pesant de quiproquos par le passé.

Cameron se penche un peu vers moi, ou peut-être est-ce moi qui me rapproche un peu plus de lui. Je suis prise en étau entre sa carrure imposante et le mur, me sentant minuscule tout à coup. S'il le voulait, il pourrait m'emprisonner entre ses bras et me plaquer contre le mur sans difficulté.

— Oui, souffle-t-il.

La tension entre nous est palpable. Il me suffirait de me mettre sur la pointe des pieds et je toucherai ses lèvres. J'humecte les miennes dans un réflexe presque animal. Les yeux de Cameron s'assombrissent, le tissu de son haut touche presque le mien. Le temps semble s'être arrêté dans cette entrée. Les photos dans notre dos ne sont plus qu'un lointain souvenir. Il n'y a plus que lui, que moi, que cette odeur de brûlé qui provient de la cuisine.

Quelle odeur de brûlé ?

Le cowboy reprend ses esprits en même temps que moi et s'écarte précipitamment. Dans la cuisine, le bacon qui grillait tranquillement dans la poêle est en train de noircir. Cameron éteint le feu et agite les bras pour dissiper la fumée qui était en train de s'élever. J'ouvre en grand les fenêtres et la baie-vitrée du salon, qui offre une vue magnifique sur les montagnes et les plaines à perte de vue.

— Bon, ça te dit d'aller déjeuner en ville ?

*

— Une vache en peluche ?

Comment j'ai pu manquer un tel détail hier ? La peluche n'est pas très imposante, mais suffisamment pour retenir l'attention sur le tableau de bord.

— C'est Cowbie, un cadeau de ma sœur.

OK, c'est adorable. Quel genre de mec met en avant une vache en peluche, sur son tableau de bord ? Je ne suis même pas certaine que ma sœur porte le chemisier que je lui ai offert à Noël.

— Katherine doit beaucoup compter pour toi, dis-je en souriant alors que Cameron tourne dans la rue principale.

Quand il m'a dit que nous allions en ville, je ne pensais pas qu'il faudrait faire presque une demi-heure de route. Son ranch est vraiment isolé. Mais, loin de me faire peur, cette perspective est presque réconfortante. J'habite en ville uniquement pour une question pratique : la gare n'est pas loin, ce qui facilite mes déplacements d'un bout à l'autre de la France ou parfois à l'étranger. Si ça ne tenait qu'à moi, je vivrai à la campagne, dans une maison que je ferai ressembler le plus possible à un cottage anglais.

— Beaucoup, dit-il.

Quelque chose dans sa voix me fait penser que c'est un sujet sensible. Prenant des pincettes, je demande :

— Vous êtes proches tous les deux ?

Il se racle la gorge et se redresse sur son siège. J'ai compris : ne pas parler de Katherine.

Cameron gare le pick-up devant un restaurant, descend du véhicule et m'ouvre la portière avant que je n'ai le temps de poser la main sur la poignée. Il m'aide à descendre, m'offrant sa main comme appui. La portière claque dans mon dos et, sa main tenant toujours la mienne, nous avançons vers le restaurant. Là encore, il m'ouvre la porte. De bonnes odeurs nous parviennent, me mettant l'eau à la bouche.

— Cameron ! nous accueille une femme d'une cinquantaine d'années, quel plaisir de te voir !

Le cowboy retire son chapeau, passe une main dans ses cheveux et sourit. Il faut vraiment que j'arrête de suivre le moindre de ses gestes…

— La même table que d'habitude ?

Il acquiesce et la femme – Sally, lis-je sur son badge – semble alors me remarquer.

— Qui nous amènes-tu ?

— Lucie, réponds-je en souriant.

Les yeux de Sally s'écarquillent et passent de Cameron à moi puis de moi à Cameron qu'elle ne lâche plus.

— Alors, elle est venue ?

Son murmure adressé au cowboy n'étant pas discret, je suis persuadée que la moitié du restaurant l'a entendu.

— Ouais, elle est venue.

— Mon chou, ce grand gaillard nous parle de toi depuis des semaines !

C'est à mon tour d'écarquiller les yeux et de faire passer mon regard de Cameron à Sally.

— Vraiment ?

La quinquagénaire hoche la tête et part en direction d'une table un peu à l'écart. Elle nous invite à nous asseoir et nous tend des cartes.

— Alors, comme ça tu parles de moi ?

Cameron ouvre la carte et je ne vois bientôt plus que ses yeux. Je sens que s'il pouvait disparaître dans un trou de souris, il le ferait. On dirait qu'il est plus téméraire pour la monte de chevaux sauvages que pour parler aux gens.

— J'ai peut-être mentionné une ou deux fois que j'aurais bientôt une invitée, oui…

— Une ou deux fois ? s'étonne Sally.

Par tous les diables, je ne l'avais pas entendue revenir ! Elle verse du café dans la tasse de Cameron, je pose ma main sur la mienne pour lui signifier que je n'en bois pas. Posant une main sur sa hanche généreuse, Sally ajoute :

— Mon chou, je n'ai jamais vu Cameron aussi bavard que lorsqu'il parle de toi !

— Vraiment ?

Qu'est-ce qu'il a bien pu dire ?

— J'ai juste dit que tu allais venir quelques semaines, avoue-t-il.

— Et que tu étais en train de retaper le ranch pour sa venue.

— Pas spécialement pour sa venue, grommelle-t-il.

Le voir aussi gêné me fait rire.

Sally lui offre un regard équivoque, prend nos commandes puis s'éclipse dans les cuisines.

— Alors, comme ça tu parles de moi à tout le monde ? taquiné-je mon voisin.

— J'ai peut-être eu le malheur de dire qu'il fallait que je me dépêche de retaper le ranch pour ta venue, répond-il en évitant mon regard, jouant avec ses couverts.

— Donc, tu m'attendais avec impatience ?

J'ai besoin de savoir, parce que de mon côté c'est le flou total.

— Oui, pas toi ?

Il lève les yeux vers moi et j'y lis une certaine détresse. Je décide d'être honnête avec lui :

— À vrai dire, si je n'avais pas programmé un rappel sur mon téléphone, j'aurais complètement oublié…

Il esquisse un sourire timide.

— Je ne laisse pas un souvenir impérissable alors.

Cameron laisse échapper un petit rire, mais je devine qu'il n'est pas sincère. Je décide de faire comme si je n'avais pas décelé sa peine.

— J'étais ivre, réponds-je en riant et en lui lançant une miette de pain, tu dois être indulgent avec moi.

Il lève les mains devant lui en signe de défense et se met à rire.

— Je vais tout faire pour que tu ne m'oublies pas, cette fois.

L'intensité de son regard me fait rougir. Comment peut-on être aussi charmant alors que la journée commence à peine ? Si c'est le ton de ce séjour, je ne sais pas si je vais survivre. Heureusement, Sally arrive rapidement avec nos assiettes et me donne une bonne excuse pour détourner le regard.

Le son qui s'échappe de ma gorge lors de ma première bouchée n'a rien d'humain, mais je suis incapable de le retenir ! Je n'ai jamais rien mangé de si bon – et gras. Cameron me regarde en souriant alors que je reprends une pomme de terre.

— Mon Dieu ! Tu aurais dû me dire que la nourriture était si bonne ici, je serai venue plus vite !

— Je note ça pour plus tard, répond-il.

Et je sais que, lorsqu'il prononce ces mots, il est parfaitement sincère.

CHAPITRE 5

Après notre petit-déjeuner, nous reprenons le pick-up pour retourner au ranch.

— Je vais exploser !

Rien de féminin dans ma posture, je suis à demi-allongée sur mon siège, les mains sur le ventre. Je suis à deux doigts de déboutonner mon jean. Je n'ai jamais autant mangé au petit-déjeuner ! Mon assiette était encore presque pleine lorsque nous sommes partis. Sally m'a emballé ce qui restait pour plus tard. Le plat encore chaud repose sur mes genoux.

— Si tu veux me séduire, c'est la meilleure façon de faire.

— Te faire manger comme un ogre ?

— Absolument.

— Je note : des pommes de terre, du bacon, quelques fruits pour faire semblant de manger sainement et un grand verre de jus d'orange.

— Amen, je réponds en joignant les mains.

J'observe la ville qui défile à travers les vitres du pick-up.

— Tu vis ici depuis longtemps ?

— Depuis que je suis petit, je n'ai jamais quitté les lieux.

— Tu n'y as jamais pensé ? je demande en me tournant vers lui, me redressant par la même occasion.

Cameron hausse les épaules, concentré sur la route. Il a remit son chapeau en sortant du restaurant, comme s'il était une extension de sa personne. Il ombre son visage, le rendant imperceptible.

— Ce n'est pas moi, l'ambitieux de la famille.

Cette phrase me brise le cœur. Pourquoi se dévalorise-t-il ainsi ?

— De là où je suis, tu as l'air plutôt ambitieux, au contraire.

— Tu me connais à peine, Lucie.

Il se tourne et me sourit, il y a quelque chose de triste dans son expression.

— Tu n'as jamais eu de rêve?

— Si.

— Et tu les as réalisés ?

— Quelques-uns, avoue-t-il en haussant les épaules.

— Alors tu as de l'ambition, conclus-je.

Il laisse échapper un rire.

— Ça va vite avec toi.

— Il faut bien voir le verre à moitié plein ! C'était quoi, ton rêve le plus fou ?

— Devenir champion de rodéo.

— Et tu l'as fait, c'est plutôt ambitieux si tu veux mon avis.

Cameron soupire. Il ne me répond pas pendant un moment puis, alors que nous sommes arrêtés au dernier feu rouge à la sortie de la ville, il se tourne vers moi et déclare :

— Je suis le raté de la famille, Lucie, je l'ai assimilé il y a longtemps.

Malgré le sourire sur ses lèvres, je devine toute la douleur qu'il dissimule. Je pose une main sur la sienne alors qu'il tient le volant.

— Pour que je te croie, il va falloir que tu me le prouves. Pour le moment, ce n'est pas un raté que j'ai devant moi.

*

— Tu es déjà monté à cheval ?
— Il y a longtemps, je réponds en entrant dans l'écurie sur les talons de Cameron.

Il ne répond pas, se contente de se diriger vers un box dont émerge une tête que je reconnais vite pour l'avoir vue en photo il y a quelques heures à peine.

— Jolly ? Je pensais qu'elle était à la retraite ?
— Elle l'est pour le *barrel race*, pas pour des petites balades.

Cameron ouvre la porte du box en parlant d'une voix douce à la jument et je jure que je sens mon cœur fondre dans ma poitrine. Savoir qu'il se rabaisse autant alors qu'à première vue il semble cocher toutes les cases du mec parfait me brise le cœur.

— Tu vas m'aider à la seller, OK ?

Je hoche la tête, impressionnée par ma future monture. Cameron me tend des brosses et m'indique comment panser la bête. Ensuite, je l'aide à mettre le tapis, la selle et la bride. Lorsque Jolly est prête, Cameron part s'occuper de son propre cheval. Je l'entends parler d'une voix tout aussi douce, quoiqu'un peu plus ferme alors qu'il entre dans le box de Bronx. De mon côté, j'essaie de me rapprocher un peu de Jolly. Je lui flatte l'encolure, me laisse submerger par son odeur et la chaleur qui se dégage d'elle.

— Est-ce que tu vas m'aider à comprendre comment ton maître fonctionne ?

Pour me répondre, la jument s'ébroue. Je considère cette réponse comme un oui.

— Super, il va falloir qu'on lui fasse prendre un peu confiance en lui, tu n'es pas d'accord ?

Nouvel ébrouement approbateur, c'est parfait.

Je suis prête à continuer sur ma lancée lorsque j'entends des sabots s'approcher de moi.

— Prête ?

— Comme jamais !

Je fais sortir Jolly de son box et, docile, la jument se laisse faire.

— Tu n'as rien à craindre, me rassure Cameron, elle ne devient énergique que lorsqu'elle approche d'une carrière de *barrel race*.

— C'est bon à savoir, je réponds en riant.

Je le suis jusqu'au seuil de l'écurie et prend le temps d'observer l'étendue de verdure qui s'offre à moi. Le paysage est à couper le souffle, je n'aurais jamais pensé voir quelque chose d'aussi beau en venant ici. Je ne m'attendais à rien en fait. À croire que nos plus belles aventures commencent quand on s'y attend le moins.

Ma contemplation est interrompue par un aboiement. Je me tourne dans sa direction, curieuse, et aperçois à quelques mètres de nous un chien de taille moyenne à la robe blanche, tâchée de marron.

— Je ne savais pas que tu avais un chien !

Cameron tourne le regard en direction de l'animal qui vient de faire irruption.

— C'est Kaz, le chien de Katherine.

Je scrute le chemin sur lequel est Kaz, cherchant à distinguer Katherine qui viendrait rendre visite à son frère.

— Elle n'est pas avec lui ?

Ma question est idiote, il est évident que si Katherine était là, elle aurait déjà fait son apparition.

— Non.

Cameron ne dit rien de plus, il fait sortir Bronx de l'écurie. Je l'imite.

— Mets-toi à côté de Jolly et descends l'étrier, je vais t'aider.

Il m'indique comment me mettre en position et attrape ma jambe libre pour m'aider à me hisser en selle. Une fois que je suis en place, il m'aide à régler les étriers pour qu'ils soient à la bonne longueur puis il m'explique rapidement comment tenir les rênes. Ensuite, il monte avec agilité sur la selle de Bronx et le fait avancer d'un claquement de langue contre le palais. Jolly suit le mouvement, docile, et nous longeons l'écurie pour sortir de la propriété.

— Drôle de couleur pour une grange, je m'étonne.

— C'est de là que vient le nom du ranch, m'apprend Cameron.

La bâtisse en bois est peinte dans un vert clair très doux, à la différence des granges rouges des ranchs voisins que nous avons croisé sur la route pour venir du centre-ville et que j'avais déjà remarqué hier.

— C'est là que je stocke le foin pour l'hiver et mes prix de rodéo, m'apprend Cameron.

Qu'il m'apprenne des choses sur lui sans que je sois celle qui lance la conversation me réchauffe délicieusement.

— Pourquoi tu ne mets pas tes trophées dans la maison ? Ils prennent trop de place ? je tente de plaisanter.

Cameron enfonce un peu plus son chapeau sur son crâne.

— Je ne sais pas s'ils méritent une place à l'intérieur, répond-il finalement en haussant les épaules, ce ne sont que des babioles.

Nous restons silencieux un instant. Comprenant que c'est un sujet sensible, je ne tiens pas à insister. Je ne vais tout de même pas le pousser dans ses retranchements alors que je suis chez lui depuis la veille ! Si nous nous connaissons à peine, il n'est pas difficile de comprendre qu'il entretient un rapport particulier au rodéo. Lorsqu'il m'en parle, je ressens toute la passion dans sa voix. Pourtant, sous la chaleur qui émane de lui aux souvenirs joyeux liés à ce sport se dissimule aussi une pointe de tristesse, peut-être de regret. Mes pensées reviennent du côté des photographies que nous avons étudiées ce matin. S'il y avait des photos de lui adolescent avec ses parents et sa sœur, je n'en n'ai pas vu à l'âge adulte. Les photos de famille ont peu à peu laissé place aux clichés avec les amis ou lors de rodéo. Qu'est-ce qui a bien pu se passer pour que l'enfant rayonnant devienne l'adulte timide ?

— Toutes ces terres t'appartiennent ?

Nous chevauchons tranquillement depuis une bonne demi-heure. Nous n'avons pas rencontré âme qui vive.

Cameron m'a expliqué qu'il avait acheté ces terres après avoir hérité de son grand-père deux ans plus tôt. À l'époque, il sillonnait davantage les routes pour participer à plusieurs rodéos. Il est devenu champion du monde la même année. L'argent gagné, il l'a mis de côté et l'a dépensé avec parcimonie, lui permettant de s'occuper de ses terres et de retaper petit à petit le ranch. Très touché par le décès de son grand-père dont il était proche, il a ralenti le rythme au niveau du rodéo, se concentrant davantage sur son travail au ranch. N'ayant pas de bétail et ne souhaitant pas rester à ne rien faire, il fait quelques petites missions dans les ranch alentours en été, lorsqu'il faut s'occuper des bêtes et donne également des cours à des apprentis cowboy. C'est devenu, au fil du temps, le coach le plus demandé de la région. Sa modestie me touche, il ne semble pas prendre conscience que les gens le voient comme un modèle.

— Oui, on ne pourrait pas aller sur les terres de mes voisins sans avoir de problème.

— Tu ne t'entends pas avec eux ?

Il grimace.

— Ici, les querelles datent de plusieurs générations.

— Je vois le genre, c'est un peu comme si on était dans *Dallas*.

Cameron se met à rire.

— Et qui je serai, dans ce scénario, d'après toi ?

Je n'ai pas besoin de réfléchir :

— Bobby Ewing !

Contre toute attente, Cameron explose de rire, plaquant une main sur sa poitrine et rejetant la tête en arrière, m'offrant ainsi une vue délicieuse sur sa gorge.

— Selon certains, je serai plutôt le J.R. de l'histoire.

— Je refuse d'y croire !

— On ira rendre visite à ce bon vieux Nicholas Spring, il te confirmera l'opinion qu'il a de moi.

— C'est impossible que tu sois le méchant de l'histoire.

Cameron hausse les épaules, se baisse de manière à s'appuyer sur le pommeau de sa selle et me regarde, ses yeux presque entièrement dissimulés par les bords de son chapeau noir.

— Comme je te le disais, les querelles ici durent depuis des années. Mon arrière-grand-père s'est mal comporté avec les ancêtres de Spring, depuis une haine constante plane entre nous.

— J'ai vraiment mis les pieds dans un épisode de *Dallas*, je souffle.

— Sois sans crainte, dit-il en se redressant, je ne compte pas te traiter comme Sue Ellen.

Je rougis.

— J'espère bien, parce que je t'en ferai voir de toutes les couleurs.

Cameron me sourit sans répondre.

— Ça te dit de galoper un peu ?

Je deviens livide à cette pensée. Hors de question que je me mette à courir dans les champs sur le dos d'un cheval. À tous les coups je vais finir le cul par terre.

— Viens, m'ordonne Cameron.

Je le regarde sans comprendre. Devinant ma détresse, il approche son cheval du mien, il attrape les rênes de Jolly sans effort et arrête nos deux montures.

— Viens, me dit-il de nouveau.

— Il n'en est pas question !

— Lucie, c'est un jeu d'enfant.

Il se décale de la selle pour me laisser de la place. Je suppose que je n'ai plus vraiment le choix…

— Et si Jolly se décale ?

— Elle ne le fera pas.

— Et si Bronx le fait ?

— Il ne le fera pas.

J'inspire, retire mes pieds des étriers et, d'une insoupçonnable souplesse, passe d'un cheval à l'autre. Je sens tout de suite la différence de puissance. Bronx est un condensé de muscles. C'est un cheval fait pour les travaux de ranch, pour arpenter les plaines pendant des heures. Cameron m'aide à régler les étriers et m'entoure ensuite de ses bras, collant son torse puissant contre mon dos.

— Prête ? souffle-t-il à mon oreille.

— Jolly ne va pas s'enfuir ? je demande en déglutissant difficilement.

— Ne t'en fais pas pour elle.

— Prête, je souffle.

J'ai à peine le temps de prononcer le mot que Cameron talonne Bronx. Le cheval part au quart de tour, accélérant la cadence à chaque foulées. Cameron resserre l'emprise de ses bras autour de moi pendant que je me tiens au pommeau. Le vent siffle à mes oreilles et mes longs cheveux roux flottent dans mon dos. Le visage de Cameron est près du mien, je sens son parfum, je sens ses muscles qui se contractent, je sens également la joie intense qui émane de lui. Il est dans son élément et il me partage ce qu'il aime de la plus simple des façons. Parfois, il n'y a pas besoin de mots pour se faire comprendre, une simple démonstration suffit. Et cette démonstration reste ma préférée ! Je ne me suis jamais sentie aussi libre, autant enivrée. Aucune expérience passée ne m'a déjà fait ressentir ce que je ressens actuellement.

— Alors ? me demande Cameron lorsqu'il immobilise Bronx.

— Incroyable ! Merci !

Je me laisse tomber contre lui, reprenant mon souffle. Je l'ai perdu dans mon ébahissement. Cameron garde les bras autour de moi, il lâche les rênes pour me serrer contre lui. Peu importe que nous ne nous connaissions que depuis hier, ce moment vient de nous rapprocher. Je le laisse faire, profitant de cette étreinte, me rendant compte que cela fait longtemps que quelqu'un ne m'a pas prise dans ses bras. C'est un geste intime, intimidant, la rencontre de deux âmes qui ne savent pas encore comment s'y prendre pour se lier.

CHAPITRE 6

— Tu es sûr que ça ne gênera pas que je vienne ?
— Non.

L'agacement commence à se faire entendre dans sa voix et je dois bien dire que je suis admirative de sa patience. Après avoir fait le tour de ses terres, nous avons pris la route du ranch où Cameron travaille parfois comme coach de la monte de bronco, les chevaux sauvages. J'ai dû lui demander un millier de fois si je n'allais pas être de trop sur l'exploitation.

Un ranch se dessine doucement à l'horizon et, si j'ai été impressionnée par la taille du domaine de Cameron, ce n'est rien à côté de celui-ci.

— *Parkside Ranch*, annonce le cowboy.
— Le propriétaire a un complexe d'infériorité ?

Cameron rit dans sa barbe.

— Non, il aime juste montrer qu'il a de l'argent.
— C'est bien ce que je dis, je marmonne de plus belle.

Nous continuons notre progression jusqu'à arriver dans une allée bordée d'arbres offrant un peu d'ombre bienvenue. Le soleil de ce mois de juillet ne réchauffe pas que les cœurs. La lenteur de notre avancée m'a permis de m'habituer à la cadence de Jolly. C'est agréable de chevaucher en si bonne compagnie, de se laisser bercer par le mouvement de sa monture. L'œil attentif de Cameron veille à ce qu'il ne nous arrive rien.

Un énorme chien vient rompre la tranquillité du moment, me faisant presque sursauter sur ma selle. Jolly fait un écart qui me déstabilise et, sans la dextérité de Cameron, qui se penche sur l'encolure de sa monture pour rattraper mes rênes et calmer la jument, ma chute aurait été spectaculaire.

— C'était moins une !

— Dexter n'a jamais été très accueillant. Le mieux est qu'on mette pied à terre.

Il joint le geste à la parole en descendant souplement de Bronx. Lorsqu'il lâche les rênes, son cheval reste à ses côtés.

— Prête ?

Ses yeux verts se plantent dans les miens lorsque ses mains se portent autour de ma taille. Je n'ai pas la force de répondre, soufflée par l'intensité de son regard. Je hoche la tête, il resserre sa prise et dans un mouvement fluide, m'aide à quitter la selle. Cameron attrape les rênes de Jolly dans une main, celle de Bronx dans une autre et nous cheminons jusqu'à l'entrée de la propriété, Dexter le perturbateur sur les talons.

*

Appuyée contre la barrière de la carrière, je regarde Cameron faire évoluer, au milieu du sable, un jeune poulain au bout d'une longe. À peine avons nous franchi les portes du ranch qu'un jeune homme nous a interpellés – enfin, a interpellé Cameron. Ce dernier n'a pas hésité une seconde pour lui répondre et partir à son secours. Il a d'abord emmené nos montures dans l'écurie, promettant de venir s'en occuper plus tard. Depuis, il est dans la carrière où il aide Théo à débourrer le poulain.

— Tu dois être Lucie.

Un homme d'une trentaine d'années se pose à mes côtés. Il s'appuie sur la barrière, posant un pied sur l'un des barreaux. Je plisse les yeux pour le regarder, gênée par le soleil. Il faut vraiment que j'arrête d'oublier mes lunettes de soleil !

— Oui… je réponds d'une voix hésitante.

Le visage de l'inconnu se fend d'un grand sourire, dévoilant une dentition d'une blancheur impeccable, presque éblouissante à cause des reflets du soleil.

— Jamie, m'apprend-il en me tendant une main.

Reconnaissant le prénom du meilleur ami de Cameron, je lui serre la main avec plaisir et lui sourit.

— Contente de mettre un visage sur un prénom !

— Cam t'a parlé de moi ?

Jamie bombe le torse à cette idée.

— Il a vaguement évoqué ton prénom, oui.

Loin de calmer ses ardeurs, ma remarque le fait rire.

— Contrairement au tien, me dit-il avec un clin d'œil.

Je commence à croire que le cowboy n'a pas fait que me mentionner une fois ou deux. Si cette idée me flatte, je me sens un peu gênée également. Si lui a pensé à moi pendant les six mois qui se sont écoulés, je ne me souviens de notre soirée que par bribe… J'aime ce que je découvre de lui et suis contente d'avoir écouté mon cœur et de vivre cette aventure, j'espère simplement qu'il ne s'est pas fait d'idées pendant les dernières semaines écoulées. C'est un point sur lequel nous devons absolument discuter afin d'éviter tout malentendu.

— J'ai vu vos chevaux dans l'écurie, reprend Jamie, je m'en suis occupé. Connaissant Cam, tu es là pour un bon moment.

— Ça ne me dérange pas.

Je jette un coup d'œil en direction du beau brun qui donne des instructions à Théo. Je regrette un peu de l'avoir oublié ces six derniers mois. Je ne peux m'empêcher de me demander ce qui se serait passé si je m'étais souvenu de lui plus tôt. L'aurais-je rejoins ? Aurions-nous pu découvrir plus vite ce que nous réserve ce qui est en train de naître entre nous ?

— Tu veux aller visiter un peu les environs ?

Jamie me pousse de l'épaule, me faisant revenir sur terre.

— Je préfère rester ici.

Si je fais confiance à Cameron, ce n'est pas le cas pour son meilleur ami. Je ne pense pas qu'il soit méchant, au contraire, mais une énergie différente se dégage de lui. Quelque chose de plus animal, de plus entreprenant. Là où Cameron semble plus discret, Jamie paraît plus entreprenant. Sentant probablement que l'ambiance a changé de ce côté de la carrière, Cameron délaisse Théo qui s'en sort un peu mieux avec le poulain et vient nous rejoindre.

Une fois à notre hauteur, il escalade la barrière avec agilité, offre une accolade rapide et chaleureuse à son ami avant de se placer à mes côtés. Son bras effleure le mien, sa chaleur m'englobe et me fait frissonner. Mon corps se détend au contact du sien et je me laisserai presque reposer sur lui. Je pourrai mettre ce coup de mou sur le compte du décalage horaire et de la longue chevauchée que nous avons faite après tout…

— Comment s'en sort Théo ? demande Jamie en accompagnant sa question d'un geste du menton.

— Pas trop mal pour un premier débourrage. Il s'est pris un coup tout à l'heure, mais rien de grave.

— J'avais dis à mon père de garder ce canasson pour le rodéo.

— Qu'est-ce qui l'a convaincu du contraire ?

— Sarah ! Tu la connais, quand elle jette son dévolu sur un cheval…

— Impossible de la faire lâcher prise, finit Cameron.

Je regarde leur échange à l'écart, ne comprenant pas tout ce qui se passe, jusqu'à ce que Cameron m'inclut dans la conversation en passant son bras derrière moi, effleurant mon dos. Il m'explique alors :

— Sarah, la sœur de Jamie, s'occupe de recruter les chevaux pour le ranch. Elle cherche des montures robustes qui résisteront au maniement du bétail et aux longues chevauchées.

— Et elle me coupe souvent l'herbe sous le pied, explique Jamie en grognant, me privant des meilleurs poulains ! J'ai besoin de chevaux sauvages pour que les jeunes s'entraînent.

Je comprends mieux la frustration de Jamie. S'il explique la situation avec le sourire, une pointe de déception se fait entendre. À coup sûr, sa sœur arrive plus souvent que lui à ses fins.

— Ce n'est pas dangereux pour les chevaux, de les monter alors qu'ils sont encore jeunes ?

Je ne connais rien à cet univers, ma question leur paraît peut-être idiote. Pourtant, loin de se moquer de moi ou de me prendre de haut, Jamie me répond :

— On attend que les poulains aient atteint leur maturité avant de les monter, pour ne pas les blesser. Mais en attendant, on les laisse à l'état sauvage. S'ils ont été débourré et s'ils ont connus la monte, ils ne sont plus bons à rien.

Je hoche la tête, comprenant son point de vue.

— Alors c'est une bataille constante entre Sarah et toi ?

—- Absolument !

Nous nous dirigeons progressivement vers le ranch, délaissant la carrière et le soleil du début d'après-midi. Jamie nous fait entrer à l'intérieur et nous offre des rafraîchissements ainsi que de quoi nous restaurer. J'accueille avec plaisir les sandwichs à la dinde qu'il nous tend.

— Tu viens toujours nous aider demain ?

Jamie pose la question à Cameron alors qu'il mord dans son sandwich. Appuyé contre le plan de travail, le cowboy prend le temps de mâcher et d'avaler sa bouchée avant de me couler un regard. Il baisse un instant les yeux, presque gêné, et reporte son attention sur son ami.

— Ouais, il faut bien que l'un de nous sache ce qu'il fait.

Jamie explose de rire.

— Lucie, tu es de la partie aussi.

Je manque de m'étouffer, je ne sais même pas de quoi ils sont en train de parler.

— Je...

— Je ne sais pas si c'est une bonne idée, m'interrompt Cameron.

Jamie prend le temps de m'observer à son tour. C'est en les entendant parler tous les deux que je me rends compte que Cameron fait attention à ne pas parler trop vite pour que je le comprenne et que je m'habitue petit à petit à l'accent du Montana.

— Elle saura se débrouiller.

— Jamie, le met en garde Cameron.

— Est-ce qu'on peut m'expliquer ce qui se passe ? intervins-je.

Jamie se tourne vers moi.

— Notre Cam ici présent doit coacher une jeune demoiselle pour son prochain rodéo.

— Si ce n'est que ça, je ne vois pas où est le mal, je réponds en haussant les épaules. Je me contente de regarder, non ?

Cameron soupire et penche la tête en arrière avant de fusiller Jamie du regard. Est-ce qu'il a quelque chose à me cacher, pour refuser ainsi ma participation à l'entraînement de demain ?

— Parfait, alors on se retrouve demain ! J'ai hâte de vous y voir !

Jamie accorde une tape amicale et vigoureuse sur l'épaule de Cameron et me fait un clin d'œil. Son entrain soudain ne me dit rien qui vaille…

— Je suis désolée…

Cameron fronce les sourcils en me regardant.

— Pourquoi ?

— Je ne pensais pas que ce serait un problème que je vienne… Si tu ne veux pas, il n'y a pas de soucis, je resterai chez toi…

Il s'approche de moi, pose ses mains sur mes épaules et plonge son regard dans le mien, se baissant un peu pour que nous soyons à la même hauteur.

— Ta présence ne sera jamais un problème, d'accord ?

— Alors, pourquoi tu sembles si contrarié ?

— Parce que je n'aime pas que Jamie s'immisce dans mes affaires.

Il se détache de moi, attrape l'assiette sur laquelle reposait mon sandwich et se met à faire la vaisselle. Je l'aide en essuyant les plats.

— Allez viens, rentrons à la maison, me propose-t-il lorsque nous terminons notre tâche.

Je le suis jusqu'aux écuries où nous retrouvons nos chevaux. Le retour se fait paisiblement. Je suis plus à l'aise qu'à l'aller et heureuse de me retrouver ici, dans cette étendue sauvage, avec cet homme qui était encore un inconnu hier et le soleil qui réchauffe mon dos alors qu'il commence doucement la fin de sa course, annonçant le terme de la journée.

*

Allongée dans le lit de Cameron, je fixe le plafond en tournant et retournant dans ma tête la manière d'aborder les choses. Il faut que l'on discute de sa façon de voir cette drôle de relation. On m'a bien fait comprendre aujourd'hui qu'il m'attendait depuis six mois. Et si pour lui, d'une certaine façon, c'était sérieux entre nous ? Et si, malgré ses airs de garçon à la fois timide et sûr de lui se cachait un prédateur ? Dans quelle galère me suis-je encore fourrée ?

Il fait son entrée dans la chambre alors que je grogne de désespoir, dissimulant mon visage de mes mains.

— Tout va bien ?

Je me redresse dans le lit, pas question de perdre plus de temps. Prenant mon courage à deux mains, je plonge mon regard dans le sien.

— Il faut qu'on parle.

Toujours debout dans l'encadrement de la porte, vêtu d'un bas de jogging noir et d'un tee-shirt blanc, Cameron se tend légèrement, attendant la sentence.

— De quoi veux-tu parler ?

— De ça, je dis en nous montrant tous les deux. De toi, de moi, de ce qui est en train de se passer.

Il semble se détendre, mais reste loin de moi, comme si la perspective de cette conversation l'effrayait.

— Qu'est-ce que tu veux savoir ?

Il est visiblement aussi mal à l'aise que moi. Sa voix est faible, ses intonations graves. Il faut que je me concentre pour ne pas perdre le fil de mes pensées, pour ne pas tomber dans le piège de ses iris clairs.

— Est-ce que tu m'attends depuis six mois ?

Autant mettre les pieds dans le plat.

— Oui.

— Mais… on était ivres ce soir-là ! Tu ne peux pas me dire un truc pareil… Je… c'est à peine si…

Je cherche mes mots, essayant de trouver ceux qui ne le blesseront pas. C'est le moment qu'il choisit pour venir me rejoindre sur le lit. Il s'installe au bout, gardant une certaine distance entre nous.

— Je n'étais pas aussi ivre que toi.

— Ce n'est pas une raison pour m'attendre depuis tout ce temps… on se connait à peine…

— Lucie.

Il m'interrompt alors que je commençais, une fois de plus, à partir dans une logorrhée.

— Lucie, j'ai simplement mentionné à mes amis que j'avais une invitée qui viendrait chez moi et qu'il fallait que je mette le ranch sur pied d'ici là. Et tu as pu le constater toi-même, je n'ai pas réussi à le faire à temps. Ce n'est pas parce que je suis amoureux de toi ou parce que je suis une espèce de pervers, explique-t-il en grimaçant, mais parce que je ne me voyais pas t'accueillir dans un lieu insalubre.

Il marque une pause, passe ses mains dans ses cheveux et inspire profondément.

— Je suis désolé si tu as eu peur à cause de ce que Sally et Jamie ont pu dire. Je ne savais pas si tu serais là, l'autre jour.

— Tu es allé à l'aéroport dans le doute ?

— Ouais, répond-il en haussant les épaules. Comme j'y serai allé si Katherine m'avait dit, il y a six mois, qu'elle viendrait.

Sa voix se brise sur les derniers mots, il se racle la gorge pour reprendre contenance et je me sens bête. J'ai fait toute une montagne de détails, de paroles prononcées çà et là très certainement pour le mettre mal à l'aise devant moi.

— Mes proches n'ont pas l'habitude de me voir en compagnie d'une fille, me confirme-t-il.

— Ils voulaient te charrier ?

— Absolument.

Je lui souris, il se détend.

— Je n'ai pas l'habitude de ce genre de situation, je pense que j'en ai fait des caisses pour rien, j'annonce en riant.

— C'est important de parler de ses sentiments. Je préfère que l'on en discute plutôt que tu restes avec des soupçons pendant ton séjour. Je suis content que tu sois ici, mais pas si c'est au détriment de ton bien-être.

Mon corps agit à ma place en se levant et en se jetant dans les bras de Cameron. Je le serre contre moi pendant qu'il reste un instant interdit. J'hume son odeur, appréciant les effluves de son savon. Ses bras finissent par me prendre dans les siens et, comme un peu plus tôt aujourd'hui, un sentiment d'apaisement s'empare de moi. Les questionnements s'effacent, laissant place à une autre sensation ; celle d'être à ma place.

CHAPITRE 7

Une fois n'est pas coutume, je profite d'être réveillée la première pour préparer le petit-déjeuner. Ce matin, je n'étais plus couchée sur Cameron. Nous étions entrelacés et ça faisait bien longtemps que je n'avais pas aussi bien dormi ! D'ordinaire, je me réveille toujours dans la nuit. Soit parce que j'ai chaud, soit parce que j'ai soif ou encore parce que le roman que je suis en train de lire me tient éveillée. Or, depuis que je suis ici, mon sommeil est sans interruption. Je pensais que c'était la faute au décalage horaire, mais il faut que je me rende à l'évidence : les lieux m'apaisent. Ce n'est pas seulement la présence de Cameron. Le calme qui s'échappe de lui est en harmonie avec l'endroit où il vit et, mine de rien, cela commence à déteindre sur moi.

Je profite que l'eau soit en train de bouillir pour jeter un œil à travers la baie vitrée. Je ne pense pas me lasser un jour des plaines qui s'échappent à perte de vue et des montagnes qui se dressent fièrement à l'horizon. Mon regard dévie vers Kaz, qui revient justement des plaines. Hier, alors que nous revenions du ranch où Cameron travaille, j'ai essayé de m'approcher du chien. Ce dernier s'est reculé en grognant, les poils hérissés et tout croc dehors. Je me demande bien ce qui a pu lui arriver pour qu'il soit dans un tel état... Cameron m'a confié qu'il appartenait à sa sœur, Katherine et qu'elle était partie... Aurait-elle laissé son chien sans se retourner ? Cette pensée me brise le cœur. Je ne peux pas imaginer qu'on parte sans son animal. Jamais mon père ne laisserait Rufus s'il devait voyager.

Kaz ralentit l'allure lorsqu'il approche de la baie vitrée. Il gravit les quelques marches qui le séparent de la terrasse qui entoure la maison et se stoppe lorsqu'il me remarque derrière la fenêtre. Ses yeux marrons me scrutent quelques instants, je vois sa truffe s'agiter alors qu'il renifle l'air dans ma direction. Il semble plus détendu qu'hier soir. Il me tourne vite le dos et va s'installer un peu plus loin, laissant le soleil naissant caresser son pelage duveteux.

Je retourne dans la cuisine : l'eau boue. J'y insère quelques œufs puis attends quelques minutes nécessaires à la préparation d'œufs à la coque en faisant cuire du bacon. Pendant que je dresse la table, la porte de la chambre grince sur ses gonds et révèle Cameron dans son embrasure. Il a l'air encore endormi, ses cheveux sont dérangés, son tee-shirt à moitié rentré dans son jogging qui lui tombe sur les hanches. Les yeux encore à demi-fermés, il se dirige dans ma direction et m'embrasse sur la joue, collant son torse contre mon dos.

— Bonjour, dit-il de sa voix rugueuse.

— Bonjour, je souffle.

Je me sens rougir à son contact. Cameron s'écarte et se frotte les yeux avant de réaliser qu'il ne se tient qu'à quelques centimètres de moi. Il s'éloigne davantage.

— Tu n'étais pas obligée de préparer tout ça…
— Ça me fait plaisir ! J'espère que tu as faim !

Il sourit, part s'installer à table.

— Je suis affamé !

Et alors qu'il prononce ces mots, son regard me dévore.

*

Je suis impressionnée par la vitesse à laquelle Cameron effectue ses mouvements. J'ai à peine le temps de le voir talonner son cheval qu'il s'élance déjà dans la carrière, effectuant des virages serrés autour des tonneaux à égale distance, formant un triangle. La poussière vole sous les sabots de sa monture qui accélère le rythme et revient à la ligne de départ. Jamie arrête le chronomètre et pousse un cri de joie ; Cameron vient de battre son record d'entraînement. Le cowboy a la victoire modeste, il se contente d'esquisser un sourire et de remettre son chapeau en place. Des applaudissements s'élèvent dans notre dos. Je me retourne sans avoir le temps de présenter mes félicitations au beau brun. À l'entrée de la carrière se trouve une jeune femme blonde, élancée, vêtue d'un jean taille haute qui moule parfaitement ses jambes interminables et d'une chemise à carreaux cintrée, elle est sublime. Le cheval à ses côtés semble robuste, mais pas autant que Bronx qui piaffe d'impatience à l'idée de retourner affronter les tonneaux.

— Quel beau parcours !

Elle s'avance dans la carrière, tenant son cheval par les rênes, et s'approche de Cameron. Lorsqu'elle arrive à sa hauteur, elle pose une main nonchalante sur sa cuisse et lève les yeux vers lui. Je regarde ses doigts sur le beau cowboy, sentant l'agacement monter en moi. Elle vient à peine d'arriver qu'elle revendique le cavalier, pour qui se prend-elle ? Ses cheveux tombent en cascade dorée dans son dos, accrochant les reflets du soleil.

— J'ai choisi le meilleur des coach à ce que je vois.

Sans un mot, Cameron écarte son cheval de la jolie blonde. Par la même occasion, il se dérobe à son contact. Je ne peux retenir la satisfaction qui s'empare de moi lorsque je le vois faire. Ses épaules s'affaissent légèrement lorsque le cowboy s'éloigne, mais elle ne perd pas de sa superbe. Cameron met pied à terre et tend les rênes de Bronx à Jamie. Ce dernier se détourne pour prendre le chemin des écuries. Lorsqu'il passe à côté de moi, il m'offre un clin d'œil complice. De mon côté, je tente de me raisonner pour ne pas fulminer.

— En selle, on a beaucoup de travail.

— À vos ordres, cowboy.

Après un demi-tour aguicheur, la jeune femme se hisse avec grâce sur sa selle. Je me revoie hier, peinant à atteindre les étriers sans l'aide de Cameron. Aurais-je un jour autant de prestance ? Le cowboy m'offre un sourire discret, comme pour s'excuser de l'attitude de son élève qui, au passage ne m'a pas adressé un seul regard. Pour sa défense, je pense qu'elle ne sait même pas que je suis là. La seule présence de Cameron éclipse celle de toutes les autres et je suis bien placée pour l'excuser. Moi-même je ne vois que lui.

Une fois qu'elle est en selle, Cameron lui donne quelques instructions auxquelles je ne comprends pas grand chose, puis il se recule de quelques pas et, chronomètre en main, donne le départ. La jeune femme s'élance. Même en n'y connaissant rien, je remarque tout de suite que son cheval ne part pas à temps, qu'il manque quelques secondes pour qu'il prenne de la vitesse. Ses virages sont trop grands, contrairement à ceux de Cameron. Bronx effleurait les barils, comme s'il voulait les faire tomber. Ce sont d'ailleurs ces mêmes remarques que lui fait Cameron lorsqu'elle revient à sa place initiale. Une petite part de moi est contente d'avoir analysé correctement la situation. Après quelques tours de pistes, le cowboy déclare que c'est le moment de faire une pause.

Il expédie rapidement ses derniers conseils avant de venir me voir.

— Tu ne t'ennuies pas trop ?

— Non, j'aime bien te regarder enseigner.

Il se met à rougir, détourne le regard et remet son chapeau en place. Il s'appuie sur la barrière, à côté de moi. Les manches de sa chemise sont retroussées sur ses avant-bras puissants, me donnant tout le loisir de les observer. Il ouvre la bouche pour ajouter quelque chose, lorsqu'une ombre vient planer au-dessus de nous.

— Olivia Jackson.

Je tourne mon attention vers la jolie blonde à regret, quittant la contemplation du beau cowboy. J'attrape la main manucurée et répond :

— Lucie.

Je ne précise pas mon nom de famille, je ne vois pas en quoi cela me donnerait plus de poids dans cette présentation.

— Et tu es là pour…

Je regarde Cameron, ne sachant pas trop quoi dire. Ce dernier ne me quitte pas des yeux lorsqu'il répond :

— Elle m'assiste.

— Parfait ! s'exclame alors Olivia, tu peux aller me chercher une bouteille d'eau dans ce cas ? J'ai oublié la mienne.

À cette question, Cameron se redresse et la détaille.

— Ce n'est pas vraiment ce que je voulais dire.

— Elle t'assiste, non ?

Sous ses airs innocents, je sens bien qu'Olivia veut asseoir sa supériorité, me montrer qu'elle connaît Cameron depuis plus longtemps que moi. Il est clair que ce n'est pas que pour ses bons conseils qu'elle veut travailler avec lui. Ne cherchant pas à créer de tension, je fais signe à Cameron que ça va.

— Ça me fera du bien de me dégourdir un peu les jambes.

Mon sourire semble le rassurer, il m'indique où trouver des bouteilles d'eau et je pars tranquillement. Je trouve les dites bouteilles à l'endroit mentionné par Cameron, en saisit quelques-unes et reprend le chemin de la carrière. Il y a foule au ranch, entre les employés et les touristes qui viennent réserver une balade à cheval dans les plaines du Montana. Les chevaux hennissent au loin, des éclats de rire fusent de part et d'autre. La vie emplit cet endroit et je me surprends à sourire, sincèrement contente d'être ici.

Sur ma route, je croise Jamie qui sort de l'écurie. Il désigne mon butin d'un signe du menton.

— Je vois que tu as fait la connaissance d'Olivia.

Je lève les bouteilles en signe de réponse.

— C'est sa technique pour se retrouver seule avec Cam, m'apprend-il en arrivant à ma hauteur. Elle me sert le même coup à chaque fois. Je ne pensais pas que tu mordrais à l'hameçon, ajoute-t-il en riant.

— Tu veux dire que j'ai du soucis à me faire ?

Jamie lève les mains devant lui.

— Ce que je veux dire, c'est qu'elle essaie de draguer Cam depuis le jour où elle a mis les pieds au ranch. C'est que tu as mis la main sur le cowboy le plus demandé du Montana, se moque-t-il en me donnant un coup d'épaule amical.

— Je n'ai mis la main sur rien du tout, je soupire en levant les yeux au ciel.

— Pas de ça, je vois bien que vous vous dévorez du regard. Et pas la peine de me sortir votre excuse de la vieille amie qui vient lui rendre visite, me coupe-t-il alors que j'allais protester.

— Je ne me fais pas de soucis, de toute façon je ne suis pas jalouse.

— Oui, bien sûr, dit-il en me jetant un coup d'œil énigmatique.

Jamie n'ajoute rien de plus. Je ne me fais pas trop de soucis de toute manière, je n'ai certainement pas traversé un océan pour rejoindre Cameron pour me faire battre à plate coutures par une sublime blonde qui sait monter à cheval.

— Doit-on s'attendre à un combat entre vous deux ?

J'explose de rire devant le regard presque suppliant de Jamie. Comme nous sommes à quelques pas de la carrière, je constate que mon éclat de rire a attiré l'attention de Cameron qui tourne son regard vers nous en fronçant les sourcils.

— Ça te plairait bien, hein ?

— Tu n'as pas idée, déclare Jamie en passant un bras autour de mes épaules, rajoutons tout de même un peu de piquant à cette situation, ajoute-t-il tout près de mon oreille.

De là où il est, Cameron doit certainement penser qu'une étrange complicité est en train de naître entre son meilleur ami et moi. Je me détourne de Jamie, ne voulant pas attiser la jalousie du cowboy qui m'intéresse et ne voulant certainement pas jouer avec ses sentiments. Très peu pour moi de faire semblant de m'intéresser à son meilleur ami alors que c'est lui qui m'intéresse.

— Voilà ta bouteille, dis-je à Olivia d'une voix neutre.

Elle la prend sans me remercier, l'ouvre et boit quelques gorgées. Je donne une bouteille à Cameron dont le regard émeraude ne me quitte pas lorsqu'il la prend. Nos doigts s'effleurent et c'est une kyrielle de papillons qui s'envole dans mon ventre. Mon souffle se coupe à son simple toucher.

— On y retourne ?

Olivia met fin à notre échange silencieux. Cameron recule jusqu'au centre de la carrière, continuant à me regarder alors que je sens que je me consume, pendant qu'Olivia se remet en selle. Lorsqu'elle place son cheval entre Cameron et moi, je reprends mes esprits et sors de la carrière pour m'appuyer de nouveau contre la barrière. Jamie vient se placer à mes côtés, un sourire complice aux lèvres.

— T'as raison, il n'y a aucune compétition.

Je baisse la tête, dissimulant mon sourire du mieux que je le peux.

Une bonne demi-heure s'est écoulée lorsque mon regard plonge à nouveau dans celui de Cameron. Le soleil nous fait face depuis plusieurs minutes maintenant. J'ai encore oublié mes lunettes de soleil. On dirait que je cherche vraiment à m'abîmer les yeux. Si ma mère était là, elle m'aurait réprimandée depuis longtemps. Cameron fait signe à Olivia de prendre une pause puis il vient à grandes enjambées dans ma direction.

— Tu as encore oublié tes lunettes.

Ce n'est pas un reproche dans sa voix rocailleuse, mais une constatation.

— Oui, j'avoue d'une petite voix.

Sans hésitation, Cameron enlève son chapeau et le met sur ma tête, le couvre-chef est un peu grand, mais il a le mérite de me protéger du soleil. Il se recule pour admirer le résultat, fronce les sourcils, se penche vers moi pour libérer quelques mèches de mes longs cheveux roux, puis sourit.

— Parfaite, murmure-t-il. Je n'en ai plus pour très longtemps, tu es sûre que tu veux encore rester ?

— Certaine !

— Je finis ça vite.

Cameron repart sans un regard pour Jamie qui n'a pas manqué une miette de notre échange. Je tourne la tête en tenant le chapeau trop grand pour le dévisager.

— Quoi ? Ça me va si mal que ça ?

Bouche-bée, Jamie se contente de secouer négativement la tête.

— Non, ça te va très bien.

Je hausse les épaules et reporte mon attention sur la carrière, ne prêtant plus aucune à Jamie. Alors que Cameron reprend sa place et donne des instructions à son élève, Olivia me fusille du regard. Son attitude a changé. Alors qu'elle se contentait de petits rapprochements vers Cameron, de mots doux qui ne l'atteignaient pas, il transparaît clairement que je suis devenue la cible à abattre. Serait-ce parce qu'il m'a prêté son chapeau pour la fin de l'entraînement ?

*

— Olivia est un sacré numéro, je commente alors que je la regarde quitter la carrière.

— Si seulement elle était douée, soupire Cameron.

— Pourquoi tu continues à l'entraîner si elle ne progresse pas ?

Je me tourne vers lui, attendant sa réponse.

— Il faut bien que je gagne de l'argent, répond-il en haussant les épaules.

— Et puis on ne peut pas dire qu'elle ait envie de te lâcher la grappe ! intervient Jamie, hilare.

J'avais presque oublié qu'il était encore à nos côtés... Dès que Cameron entre dans l'équation, je ne vois plus ce qui m'entoure. J'aide le cowboy à ranger la carrière, faisant rouler les tonneaux dans un coin où ils ne gêneront pas, puis nous reprenons la route des écuries. Jamie nous quitte à mi-chemin, retournant travailler auprès de sa sœur. Sarah est assez discrète, je n'ai pas encore eu l'occasion de la croiser. Elle semble être plus posée que son frère.

— Tu veux que je te le rende ? je demande en désignant le chapeau.

— Tu peux le garder pour le moment, répond Cameron, mais il faudra qu'on aille t'en acheter un avant la semaine prochaine.

— Pourquoi ?

— Tu m'accompagnes à Bigfork, tu te souviens ?

Il m'adresse un sourire en coin et enfonce ses mains dans ses poches.

— J'ai hâte de te voir à l'œuvre, dis-je en le bousculant gentiment.

Le cowboy laisse échapper un rire discret. Mon mouvement m'a rapprochée de lui et il ne fait pas mine de s'éloigner de moi. Au contraire des tentatives d'Olivia, les miennes semblent fonctionner.

— Pourquoi tout le monde me regarde ? je demande après que nous ayons parcouru quelques mètres en silence.

Cameron, qui regardait droit devant lui, semble prendre conscience des regards qui nous scrutent. Le chemin ne m'avait pas semblé si long la première fois… Il faut dire que ce n'est jamais agréable d'être le centre de l'attention et d'avoir l'impression que l'on parle dans votre dos.

— Ils doivent se demander pourquoi tu es avec moi, élude-t-il.

— Parce que tu es un loup solitaire ?

— Il y a de ça, ricane-t-il.

Aurais-je réussi, au détour d'une *battle* de chant à capturer l'attention du discret cowboy ?

Une fois dans l'écurie, Cameron m'aide à seller Jolly avant de s'attaquer à Bronx. Nous sortons côte à côte et, une fois dehors, il m'aide une nouvelle fois à me hisser sur le dos de ma monture. Pour ma défense, j'ai essayé de m'y hisser sans son aide ; c'était un échec lamentable.

— Prête ?

— Avec toi ? Toujours.

Il sourit en coin et talonne Bronx. Je fais de même avec Jolly et me place à ses côtés. Cameron dirige son cheval à côté de moi, de sorte que sa jambe vient effleurer la mienne à chaque mouvement de sa monture. Ce simple frottement me fait frissonner et fait battre mon cœur un peu plus vite. Je me mords la lèvre pour réprimer mon sourire.

— Lucie ?

— Oui ?

Je tourne le regard et tombe dans le sien.

— Merci de m'avoir accompagné aujourd'hui.

Je lui souris et, téméraire, me penche légèrement. Il ne tient ses rênes qu'à une main, l'autre est posée nonchalamment sur sa cuisse. Je l'attrape et la serre légèrement.

— Ça m'a fait plaisir de venir, de découvrir ton univers.

Je tente de récupérer ma main, mais il resserre sa prise autour de mes doigts. Il les écarte et les entrelace aux siens. Je regarde nos mains jointes, étonnée qu'il soit à l'initiative de ce contact, puis je me rappelle qu'il avait initié la chevauchée sur le dos de Bronx. Cameron n'est pas un grand bavard. Il est solitaire, farouche, timide, réservé. Ce n'est pas un homme qui donne sa confiance aisément. Ça, je l'ai compris dès que je suis arrivée et qu'il a commencé à se confier au compte-goutte. Alors je prends avec plaisir tout ce qu'il me donne, parce que je sais qu'il cache en lui un cœur d'or et que rien ne me ferait plus plaisir qu'être celle à qui il décide de le confier. Je ferai alors tout pour le protéger des intempéries. Sous ses airs caverneux, sous son regard émeraude, je devine les fêlures et ce n'est pas au programme d'accentuer la douleur qu'il a un jour pu ressentir.

Alors, je garde sa main dans la mienne, rêvant du jour où il décidera de se confier, chérissant notre rencontre improbable.

CHAPITRE 8

Le lit est vide lorsque je me réveille.

Je tends l'oreille pour savoir si Cameron est dans la salle de bains, n'entendant rien, je m'y faufile afin de me débarbouiller. Je m'asperge le visage d'eau froide et prends le temps de m'habiller après une rapide toilette. J'attache mes longs cheveux roux en queue de cheval et fixe mon reflet dans le petit miroir qui est accroché au-dessus du lavabo. L'air du Montana me fait du bien. J'ai pris quelques couleurs. À défaut d'oublier mes lunettes de soleil, je pense au moins à mettre de la crème solaire pour protéger ma peau délicate. Je suis passée de très pâle à un peu moins pâle. D'Edward Cullen, j'ai adopté le teint Bella Swann.

Lorsque je sors de la salle de bains, je découvre que la cuisine est tout aussi vide. Un mot m'attend sur le plan de travail.

« *Parti aider Jamie au ranch.*
À ce soir.

Cameron. »

Le message me fait rire, il est à l'image de son auteur : concis. Cameron ne parle pas pour ne rien dire, il va à l'essentiel, il pèse ses mots. C'est ce que j'apprécie le plus chez lui, ce que j'aime le plus découvrir. Il ne fait pas partie de ceux qui se mettent en avant, qui s'inventent une vie rocambolesque pour en mettre plein les yeux. C'est rafraîchissant, dans ce monde où tout à chacun veut se mettre en valeur. Ici, on prend le temps de vivre et je pense que je pourrai m'y habituer.

Je souris en découvrant qu'il m'a préparé une assiette pour le petit-déjeuner. Elle trône sur l'îlot central de la cuisine. Je m'y installe et commence à manger tout en fixant mon regard sur les montagnes au loin. Kaz est allongé sur la terrasse, prenant son bain de soleil matinal. Je n'ai jamais vu un animal ayant l'air aussi triste. Il est toujours allongé au même endroit, s'enfuit lorsque l'on tente de s'approcher de lui, fixe toujours l'horizon. Ça me brise le cœur de penser qu'il doit certainement attendre le retour de sa maîtresse… Ça me le brise encore plus de savoir qu'elle n'a pas l'intention de revenir. Du moins, c'est ce que m'a laissé entendre Cameron.

Mon regard s'évade à travers la fenêtre. Tout est calme ici et, loin de me déranger, je trouve ce silence apaisant. La maison de Cameron est accueillante, chaleureuse. De nombreux tapis couvrent le parquet, réduisant ses grincements. Le canapé, en plus de ne pas être très grand, n'est pas très confortable. Il est noyé sous de nombreux coussins dans différentes teintes de vert qui parviennent tout de même à le rendre agréable. Les boiseries du plafond confèrent elles aussi cette impression de chaleur. Cette matinée sans Cameron ne me fait pas peur car, il faut bien l'admettre, je me sens chez moi aussi.

Après mon petit-déjeuner, je retourne dans la chambre et me saisis de mon téléphone et de ma liseuse. Si je n'ai pas grand-chose à faire cet été, il faut tout de même que j'avance sur les quelques romans que l'on m'a envoyé afin d'en écrire les chroniques et de faire mon retour rapidement. Mon sentiment depuis février n'a pas changé ; je prends moins de plaisir à lire ces derniers mois. Je suis noyée sous les services presse, sous les collaborations. J'ai bien essayé de ralentir le rythme, mais ce n'est jamais évident de dire non. Ce changement d'air me fait du bien et m'aide à prendre du recul face à mon travail. J'ai besoin de cette pause, de découvrir de nouvelles choses, de découvrir la nouvelle Lucie.

Debout au pied du lit, je jette un coup d'œil à mon téléphone et découvre que Gwen m'a envoyé plusieurs messages. Ma mère a essayé de m'appeler à de nombreuses reprises. Je grimace. Prise dans le tourbillon de la vie au ranch, hypnotisée par le quotidien de Cameron, j'en ai oublié de donner signe de vie aux miens. J'y remédie en composant le numéro de ma mère. C'est la fin de journée en France, je vais certainement la déranger devant son émission favorite, mais tant pis !

Elle décroche au bout de la deuxième sonnerie.

— Enfin !

— Bonjour maman, je commence en riant, comment vas-tu ?

— Mieux maintenant que je t'entends !

— Désolée, j'ai été pas mal occupée...

Je me laisse tomber sur le lit, ma tête reposant sur l'oreiller de Cameron. Son odeur emplit mes narines. Je suis presque triste qu'il ne m'ait pas demandé de l'accompagner...

— Tu te fais à la vie au ranch ?

— Oui...

— Et au cowboy qui partage ta vie ?

— Maman ! je proteste, Cameron ne partage pas ma vie !

Pas vraiment, du moins.

Je lui raconte les derniers jours qui viennent de s'écouler – sans entrer dans les détails, cela dit. Je me vois assez mal avouer à ma mère que je commence doucement à tomber sous le charme du beau brun.

Nous échangeons encore quelques minutes. Elle me raconte comment se passe son été dans le nord de la France, m'apprend que Mathilde a décroché un nouvel emploi, elle qui ne souhaitait plus travailler dans la petite boutique où elle a fait ses premiers pas en tant que vendeuse. Mon père, de son côté, s'est mis en tête de faire des concours de dressage avec Rufus, ce qui ne mène pas à grand chose puisque la seule compétence de notre chien est de passer ses journées à dormir, passant d'un tapis à l'autre.

— Il est persuadé qu'il va arriver à quelque chose, cela dit…

— Alors laisse-le croire, je réponds en riant.

— Tu me manques, ajoute-t-elle en soupirant.

— Toi aussi…

Mon cœur se serre, je n'ai jamais été aussi loin de ma famille, jamais aussi longtemps. S'ils m'encouragent – la plupart du temps – à vivre mes propres expériences, ils aiment notre proximité et ont du mal à couper le cordon.

— Je vous donne des nouvelles très vite, promis.

Après des au revoir larmoyants, ma mère ne sachant pas faire dans la demi-mesure, je raccroche et appelle ensuite Gwen. Elle décroche aussi vite que ma mère et son visage apparaît en gros plan sur l'écran. Son sourire radieux me cueille et gonfle mon cœur de bonheur.

— Lucie ! Je suis tellement contente de te voir ! Tu as une mine superbe !

Comme toujours, Gwen parle fort et me laisse à peine le temps d'en placer une. Je ris devant son énergie alors que la journée touche à sa fin pour elle.

— Moi aussi, je suis contente de te voir !

— Alors, raconte moi tout !

Comme pour ma mère, je lui raconte mes journées au ranch à la différence que cette fois-ci je lui parle de mon attirance pour le beau cowboy.

— Rappelle-moi son nom déjà ?

— Cameron Darling, je souffle.

L'écran se fige quelques secondes, le temps que Gwen aille faire la recherche sur internet.

— Par tous les diables ! C'est lui ton cowboy ?

— Ouais.

Je ne retiens pas mon rire ni les palpitations qui font battre mon cœur plus vite à la mention de *mon* cowboy.

— Eh beh ! Je comprends pourquoi tu as filé à des milliers de kilomètres. Et alors, ça se passe comment entre vous ?

— Pour le moment tout roule, mais ce n'est pas un grand bavard et je pense qu'il n'est pas très heureux…

Gwen fronce les sourcils et m'invite à poursuivre. Je lui fais alors part de mes soupçons. Je pense que l'absence de sa sœur le peine beaucoup et, de ce que j'ai pu comprendre, ses parents ne cautionnent pas qu'il travaille dans un ranch et soit champion de rodéo. Pourtant, j'ai bien vu que c'était une institution dans le coin, que c'était une fierté. Cameron est très sollicité par les jeunes cowboys, tous souhaitent s'entraîner avec lui. Olivia n'est pas la seule élève de sa liste, même si elle accapare une grande partie de son temps.

— Peut-être qu'il faut lui montrer que pour toi, c'est important ? Que tu l'acceptes comme il est ?

Je prends le temps de réfléchir.

— Et comment je fais ça ? Je veux dire, j'ai accepté d'aller à son rodéo la semaine prochaine, mais comment je peux lui montrer davantage que ce qui est important pour lui, l'est pour moi ?

— Chérie, c'est toi qui lit les romances, pas moi.

Il me faut quelques secondes de réflexion avant de trouver la solution.

— Je sais ! Ses trophées dorment dans un vieux hangar. Il ne veut pas les mettre en avant. Tu penses que si j'en mets quelques-uns dans la maison, ça lui plaira ? Tu ne penses pas que je ferai une énorme erreur ?

Gwen hausse les épaules.

— C'est en essayant que tu sauras. Et au pire, tu iras les remettre à leur place.

— Tu as raison…

— Comme souvent ! Bon, il faut que je te laisse, dit-elle soudain, Mathéo ne va pas tarder et je n'ai pas fini de me préparer.

Je la remercie encore pour son aide avant de raccrocher. Le silence m'englobe soudain et mon esprit tourbillonne.

Toujours allongée sur le lit, je me redresse, regarde ma liseuse et me lève.

— Je te laisse de côté encore un instant, j'ai un cœur à gagner.

*

Kaz m'observe de loin alors que je sors les trophées du hangar. Il y en a des dizaines ! Certains datent de plusieurs années, témoins d'une époque où Cameron n'était encore qu'un enfant qui raflait déjà les prix.

— Pourquoi tu me regardes comme ça ?

Je questionne le chien de chasse comme s'il allait me répondre, mais il se contente de me regarder à distance. S'il pense que c'est une mauvaise idée et que son maître adoptif va détester, il ne fait rien pour m'arrêter sur ma lancée.

Une fois qu'une grande partie des trophées sont sortis, je prends le temps de les détailler. Je décide alors de sélectionner des trophées de son enfance à l'âge adulte, retraçant ainsi son parcours dans le rodéo. Il me faut ensuite remettre les autres dans le hangar. Le soleil est haut dans le ciel lorsque je termine ma tâche. Je m'installe sur le perron, un chiffon à la main, pour astiquer les coupes. Je retrace ainsi l'histoire de Cameron, apprenant à le découvrir à travers sa passion. S'il a commencé par la course de barils, il s'est ensuite essayé à la capture de vachette avant de briller comme chevaucheur de bronco. Je suis impressionnée par son parcours et, si au départ je voulais simplement lui montrer que sa carrière est importante, je prends réellement conscience du talent de Cameron. J'ai beaucoup de mal à croire qu'il soit le mouton noir de la famille.

*

Assise sur le canapé, je tente de lire, sans succès. J'ai à peine avancé dans le roman que je dois avoir fini au plus tard la semaine prochaine. J'ai passé le reste de la journée à ranger la maison et à placer les coupes sélectionnées en évidence. J'ai préparé le repas et j'attends que Cameron rentre en me rongeant les ongles. Et s'il n'aimait pas ma prise d'initiative ? Et si j'étais allée trop loin ? Par tous les diables, pour qui je me prends à vouloir bousculer ses habitudes alors qu'on se connaît à peine !

La porte d'entrée grince, puis le parquet lorsque Cameron entre dans la maison. Je l'entends enlever ses bottes, déposer sa veste et son chapeau sur les patères de l'entrée. Lorsqu'il entre, tout mon corps répond. Je me lève en vitesse, de manière trop précipitée pour être naturelle.

— Ça va ? m'interroge Cameron.
— Oui, je réponds d'une voix étranglée, et toi ?

Cameron soupire et ses épaules s'affaissent.

— Je suis épuisé, m'apprend-il en se laissant tomber à mes côtés.

Sa tête repose sur le dos du canapé et j'observe sa gorge, sa pomme d'Adam. Je remonte le regard sur son menton rongé par sa barbe de trois jours, je détaille ses lèvres charnues, un peu sèches à cause du soleil. Le bout de sa langue vient les humidifier et il déglutit. Je détache mon regard, à regret, lorsqu'il rouvre les yeux.

— On a passé la journée à cheval pour rassembler le bétail. Il faut les marquer avant que je parte la semaine prochaine.

— Mais, ça ne risque pas de te fatiguer pour le rodéo ?

Il hausse les épaules.

— Ça n'a pas grande importance.

— Pourquoi tu continues, si tu n'aimes pas ce que tu fais ?

Cameron ouvre la bouche et la referme à plusieurs reprises, cherchant ses mots.

— J'aime ce que je fais, finit-il par m'avouer, mais... je...

Il soupire et passe une main sur son visage. Je l'encourage :

— Tu peux tout me dire, ce n'est pas comme si j'allais m'empresser de raconter tes secrets.

Ses iris me sondent, il esquisse un sourire.

— Ma mère détient plusieurs records mondiaux. J'ai toujours essayé de l'égaler, mais je n'ai jamais réussi.

Je fronce les sourcils.

— Pourtant, d'après ce que j'ai lu sur internet, tu as plusieurs records toi aussi.

— Tu m'as cherché sur internet ?

Ses iris pétillent de malice.

— Ça te surprend ?

— Je pensais que tu ne te souvenais plus de moi ?

— Tu m'as laissé un vague souvenir, je réponds en balayant l'air de la main.

Cameron éclate de rire et c'est le plus beau son que j'aie entendu de ma vie. Je frissonne et serre les cuisses.

— Alors ! Réponds-moi ! je lui intime en le bousculant légèrement.

Cameron se reprend. Son regard se fait plus dur et la légèreté qui planait dans l'air il y a encore quelques secondes s'estompe. Je regrette presque d'avoir insisté.

— Ma mère aurait voulu que je continue dans le *barrel race*. C'est par ça que j'ai commencé, mais ce n'était pas assez. Je voulais plus de sensation, plus de… danger.

— Alors tu as commencé la capture de vachette ?

Il acquiesce.

— Et ensuite, j'ai tenté la monte de bronco et ça a été une révélation. Je n'ai jamais réussi à revenir au *barrel race*, comme ma mère me l'a demandé. Ça a créé des tensions entre nous. Tensions que Katherine réussissait à temporiser.

— Jusqu'à ce qu'elle parte ?

— Jusqu'à ce qu'elle parte, confirme-t-il.

Un silence s'installe entre nous, durant lequel il prend alors le temps de regarder le salon. Mon cœur se met à battre à tout rompre car ce n'est qu'une question de seconde avant qu'il ne se rende compte que j'ai ponctué la pièce de ses trophées.

— Qu'est-ce que…

Cameron se lève et s'approche du manteau de cheminée. Il attrape l'une des coupes et l'observe.

— C'est…

Je me lève à mon tour et me triture les mains, mal à l'aise.

— Je me suis dis que ça serait une bonne idée de les mettre là… C'est dommage qu'ils prennent la poussière dans un…

Je n'ai pas le temps de finir ma phrase, Cameron m'entoure de ses bras et je suis propulsée contre son torse. Sa tête vient se nicher dans mon cou alors qu'il me serre contre lui.

— Merci, chuchote-t-il.

Je le serre dans mes bras à mon tour, prenant conscience de l'importance de ce moment. Je vais jusqu'à fermer les yeux, profitant de sa chaleur contre mon corps.

— Pourquoi tu me remercies ?

— Parce qu'avec toi, j'ai l'impression d'être important, souffle-t-il.

Et mon étreinte se fait plus forte.

CHAPITRE 9

Je me détache lentement de Cameron. Il a les traits tirés, fatigué de cette longue journée, pourtant je sens qu'il a besoin de se changer les idées. C'est une atmosphère trop pesante qui règne entre nous alors que la soirée ne fait que commencer.

— Va prendre une douche, cowboy, on sort !

— Maintenant ?

Je hoche la tête et m'écarte de lui, me dirigeant vers la chambre :

— Enfile des fringues sexy, je le taquine d'un clin d'œil.

Bien sûr, il n'a pas besoin de plus que porter une chemise aux manches retroussées sur ses avant-bras puissants pour être sublime. Il rit et me suit dans la chambre. Il attrape quelques vêtements propres avant de se diriger vers la salle de bains. Lorsque j'entends l'eau couler, je me change à mon tour, quittant les vêtements confortables que j'avais enfilé pour une tenue un peu plus affriolante.

*

La musique est assourdissante et nous ramène aux prémices de notre histoire, dans le pub d'Édimbourg. Aucune table n'étant disponible, nous restons proches du bar, nos verres à la main. L'exiguïté de l'endroit nous oblige à être collés l'un à l'autre, ce qui n'est pas pour me déplaire. Dans cet environnement intimiste, aux lumières tamisées, le cowboy semble plus à l'aise qu'en plein jour.

— Tu chamboules toutes mes habitudes, chuchote-t-il justement à mon oreille.

Son souffle chaud caresse ma nuque, me fait frissonner.

— Ah oui ?

— Jamais je ne serai sorti après le boulot, me confie-t-il.

Je suis prise d'une pointe de remords à l'idée qu'il soit sorti uniquement pour me faire plaisir.

— Je ne voulais pas te forcer...

Quelqu'un bouscule Cameron, qui se rapproche alors de moi.

— Lucie, si je ne voulais pas être là ce soir, je ne serais pas venu.

Il est obligé de se pencher vers moi pour me parler, ses lèvres sont tout près des miennes. Il me suffirait de tourner la tête pour l'embrasser... J'étouffe tout à coup, prise en étau entre le corps imposant de Cameron et le comptoir. Une nouvelle musique s'élève, remplaçant celle qui vient de se terminer et ne laissant aucun répit à nos oreilles.

J'attrape la bière de Cameron, il m'interroge du regard alors que je pose nos boissons entamées sur le bar. J'attrape sa main.

— Danse avec moi.

Je l'entraîne sur la piste. Il observe les gens autour de nous. Il est mal à l'aise, ça ne fait aucun doute. Pourtant, il me suit quand même lorsque je me mets à danser. J'ai toujours aimé ça, que ce soit dans le confort de ma salle de bains, de ma chambre, ou dans un endroit comme celui-ci. Dès qu'il y a de la musique, mon corps se met à se mouvoir. Je ne dis pas que je suis une grande danseuse, bien loin de là, mais je fais partie de ceux qui tentent de bouger en rythme. Maladroitement, le cowboy se met à danser à son propre rythme. Ses bras restent le long de son corps, il ne fait que se balancer d'un côté à l'autre. Son mouvement de balancier me fait rire. J'attrape ses poignets et lève un peu ses bras.

— Bouge un peu ! On dirait un pantin !

Cameron sourit et essaie de se prêter davantage au jeu. Je profite que l'on me pousse un peu sur la piste de danse pour me coller à lui. Il me recueille sur son torse et me serre dans ses bras. Je profite de notre proximité pour les nouer autour de son cou et, ensemble, nous dansons. Ses hanches impriment mon rythme, ses mains descendent le long de mes flancs, je me presse davantage contre lui. Bientôt, il n'y a plus que nous dans ce bar. Plus que mon corps contre le sien, que ses hanches qui bougent contre les miennes, que ses bras autour de moi. Sa chaleur m'englobe, son odeur m'enivre. Ses lèvres effleurent mon cou, mais jamais ne touchent ma peau. Mes mains remontent dans ses cheveux, s'y accrochent alors que j'avance encore mon corps. La presqu'obscurité dans laquelle nous évoluons n'aide pas à notre retenue. Au contraire, elle nous invite à nous découvrir davantage. La danse, ou le simulacre de danse, laisse rapidement place à la découverte de l'autre.

Les mains de Cameron migrent lentement du bas de mon dos à mes joues. Il encadre mon visage, m'oblige à le regarder. Ses yeux verts, transperçants, trouvent les miens. Son front se colle contre ma peau, son contact me fait frissonner. Ses lèvres flottent au-dessus des miennes, mais jamais ne les touchent. La pointe de sa langue apparaît, humidifie sa bouche. Alors que je pense qu'enfin nous allons nous embrasser, il se recule. Il se détache complètement de moi, gardant cependant une de mes mains dans la sienne. Son regard est de braise, je n'ai pas besoin qu'il me le dise pour savoir que ses pensées sont, comme les miennes, en ébullition. Si pour le moment je respecte sa retenue, je ne sais pas si je serai longtemps capable de le faire.

D'une pression sur sa main, je le ramène à moi, m'agrippe à son cou. Il n'est pas question qu'il m'échappe une nouvelle fois. J'ai vaguement conscience qu'une nouvelle chanson commence. J'ai vaguement conscience des autres danseurs qui évoluent autour de nous. Toute mon attention est tournée vers Cameron. Vers cet homme qui me surplombe. Vers cet homme qui, en février encore, était un parfait inconnu. Vers cet homme qui, doucement, sans faire le moindre effort, me fait tomber sous son charme. Sa timidité me plaît. Sa dévotion également. Sa fragilité me donne envie de le protéger. Lui qui, au premier coup d'œil, apparaît comme un homme confiant cache en vérité une sensibilité renversante. Comment se fait-il que personne ne se soit jamais rendu compte de ce qu'il était réellement ? Est-ce son statut de champion de rodéo qui lui confère une certaine notoriété effrayante ? S'imagine-t-on que, parce qu'il dompte les chevaux sauvages, il en est un lui-même ?

La chanson prend fin, Cameron se détache de moi, me regarde de ses yeux brûlants. La plaine qui me fait face est sauvage, à l'image de celles qui bordent la propriété de l'Adonis. Je me mords la lèvre inférieure, me retenant de me jeter sur lui.

— Rentrons, me chuchote-t-il à l'oreille.

La musique est encore à plein volume dans le bar. Je ne réponds rien, me contente de tourner les talons pour sortir de l'établissement, la main de Cameron toujours dans la mienne. Il entrelace nos doigts à l'instant où la fraîcheur de cette nuit d'été nous cueille. Son bras se place, protecteur, autour de ma taille lorsque nous avançons sur le parking. Sur celui-ci, quelques badauds discutent et terminent leur bière à l'abri du brouhaha qui règne dans l'établissement.

Lorsque nous arrivons au pick-up, il m'ouvre la porte et veille à ce que je sois bien installée avant de la refermer avec délicatesse. Sur le tableau de bord, Cowbie me regarde intensément pendant que je rougis de plaisir. Je n'avais pas passé d'aussi bonne soirée depuis longtemps.

— Merci pour cette soirée, je n'ai pas pris le temps de sortir boire un verre depuis un moment, m'avoue Cameron en s'installant derrière le volant.

Ses mots font écho à mes pensées et je rougis à l'idée qu'il prenne le temps de sortir pour me faire plaisir.

— Moi non plus ! dis-je en m'étirant.

— Vraiment ? s'étonne Cameron, je pensais que tu sortais régulièrement avec ton métier.

Je hausse les épaules avant de répondre :

— Oui, mais ce sont toujours des événements officiels, je sors rarement avec mes amis pour boire un verre. La dernière fois, ça remonte à Édimbourg.

Cameron esquisse un sourire en coin.

— On dirait que j'étais au bon endroit, au bon moment.

— On dirait bien, je confirme en souriant à mon tour.

Cameron met le contact et quitte le parking. La soirée n'est pas très avancée, il est à peine plus de vingt-deux heures. Dehors, les rues sont encore bondées de monde, même si la tendance est plutôt à rentrer chez soi qu'à prolonger la soirée jusqu'au bout de la nuit.

— Tu as toujours voulu faire ça ?

La voix rocailleuse du cowboy me fait sursauter tant j'étais perdue dans mes pensées.

— Faire quoi ?

— Vivre de la lecture.

— Pas vraiment, avoué-je le regard fixé sur les passants. Je faisais des études pour devenir avocate. J'ai commencé à parler de mes lectures sur les réseaux sociaux un peu par hasard. J'avais besoin d'une bulle pour changer un peu de mon quotidien, des révisions, des partiels. Tu vois le genre ?

Cameron hoche la tête.

— Et puis, un jour, un de mes avis à beaucoup fait réagir. Je ne sais pas ce que j'ai fait de plus que d'habitude pour que celui-ci fonctionne. Toujours est-il que depuis, j'ai mon petit succès et qu'on m'a remarqué pour devenir influenceuse, dis-je en haussant les épaules.

— Alors ciao le barreau ?

— Ouais, réponds-je en riant, ciao le barreau !

— Et ça te plaît ?

— Bien sûr ! Ça m'offre une liberté que je n'aurais jamais eu en étant avocate, ça représente moins de pression. C'est plus à mon image.

— Solaire.

— C'est comme ça que tu me vois ? Comme quelqu'un de solaire ?

Cameron profite d'un feu rouge pour tourner les yeux vers moi.

— Lucie, tu illumines tout ce qui t'entoure.

Un silence s'installe. Silence pendant lequel j'aimerais que le temps s'arrête, que nos âmes se trouvent et ne se quittent plus.

Nous revenons à la réalité quand le feu passe au vert et que Cameron relance le pick-up. Il s'écoule quelques minutes avant qu'il reprenne la parole :

— C'est ce que tu voudrais faire pour le reste de ta vie ? Lire des livres et en discuter ?

Sans le savoir, il vient de mettre le doigt sur ce qui me gêne en ce moment. Depuis plusieurs mois je me demande si je veux vraiment continuer, si ces contraintes autour des contrats que je signe n'est pas en train de tuer ma relation à ma passion première.

— Je ne pense pas.

— Pourquoi ?

Je laisse échapper un soupir.

— J'ai un peu l'impression d'étouffer. Ce n'est plus une passion, mais une obligation et je n'ai jamais voulu que ça se passe comme ça.

Je passe une main sur mon front, comme pour me remettre les idées en place.

— Tout va trop vite. Les livres sortent à la suite les uns des autres, je dois toujours me mettre à jour pour comprendre le fonctionnement de nouvelles applications ou trouver de nouvelles idées pour mettre en valeur les romans que je suis en train de lire. Parfois… Parfois j'aimerais juste pouvoir tout mettre sur pause, tu comprends ?

— Ouais. S'éloigner de ta réalité un instant, pour y revenir ensuite ?

— Oui…

— Alors c'est une chance que je t'ouvre la mienne pendant quelques jours, non ?

*

— Attends, tu te fous de moi !

Assis à mes côtés, contre la tête de lit, Cameron éclate de rire. Sa poitrine se soulève à chaque éclat, me provoquant davantage.

— Tu ne peux pas être sérieux, c'est quoi ce délire !

Mes yeux s'écarquillent à mesure que la vidéo défile.

— Je pensais que tu avais fait des recherches !

— Oui, mais seulement pour voir à quoi tu ressemblais, je n'avais qu'un vague souvenir de tout ça, je réponds en désignant sa musculature d'un geste vague.

— Et tu n'avais jamais vu de vidéo de rodéo avant ? questionne Cameron en retrouvant son sérieux.

— Oh si bien sûr, c'est la première chose que je fais en rentrant chez moi le soir, je réponds en levant les yeux au ciel.

— Ce n'est pas aussi impressionnant que ça en a l'air.

Juste à ce moment, un cowboy fait une chute.

— Vraiment ?

— Bon, ce n'est pas si impressionnant quand on sait ce qu'on fait.

Je lui donne un coup dans l'épaule et il rit de nouveau.

— Il n'est pas question que j'assiste à ça en direct !

— Tu t'es engagée à m'accompagner, je te rappelle, tu reviendrais sur ta parole ?

— Sans hésiter une seule seconde.

Il porte une main à sa poitrine, outré.

— Wow, je ne pensais pas être déçu à ce point. Je ne me remettrai jamais d'une telle trahison.

— Je suis certaine que si.

— Tu as raison, il y a plein de filles là-bas qui voudront panser mes plaies.

— Et j'espère qu'elles le feront avec application, je réponds d'un air détaché.

— Tu es une vraie teigne, répond-il en me jetant un coussin à la figure.

— Merci, le compliment me va droit au cœur !

Nous rions à l'unisson. La soirée est plus avancée maintenant et seule une petite lampe de chevet éclaire la chambre. Lorsque nous sommes rentrés, nous nous sommes mis au lit et nous sommes mis à discuter de tout et de rien. Une chose en entraînant une autre, Cameron m'a montré quelques vidéos de ses exploits et je dois bien avouer que c'est plus impressionnant qu'on ne le pense. Il y a une différence entre voir un rodéo dans un film et assister à une vraie compétition. Et encore, je suis persuadée qu'être aux premières loges, dès la semaine prochaine, sera encore plus remarquable. Partager sa passion l'a mis en confiance et lui a donné le courage de se dévoiler un peu plus, me permettant de découvrir une nouvelle facette de sa personnalité.

— Comment ça se fait que tu aies autant de coussins ?

Cameron retrouve son sérieux, il remet en place celui qu'il m'a lancé, effleurant mon avant-bras au passage.

— Une fille que j'aime bien m'a confié qu'elle adorait avoir plein d'oreillers sur son lit.

Il baisse la tête quelques secondes, se racle la gorge gêné, avant de me regarder.

— Je me suis dit que ça lui plairait de retrouver un peu de ses habitudes ici, quand elle viendrait me rendre visite.

Son aveu me va droit au cœur. Lors de notre soirée à Édimbourg, je me souviens lui avoir confié quelques-uns de mes secrets. Rien de particulièrement intéressant, plutôt des faits sur moi. Qu'il s'en souvienne et qu'il ait pris la peine de me faire plaisir me réchauffe de l'intérieur.

— Et tu penses que ça lui plaît ?

— En tout cas, elle ne m'a pas dit le contraire, alors j'ose espérer que oui…

Nos regards ne se quittent pas, mon corps se penche doucement vers le sien. Il ne recule pas devant mon approche, je prends cela pour un encouragement. Ma main trouve sa joue, s'y pose avec délicatesse. Cameron ferme les yeux un instant et je retiens mon souffle. Ses doigts effleurent les miens, sa main se pose sur la mienne et c'est à mon tour de fermer les yeux. Nous restons dans cette position quelques instants. Dans un souffle je lui confirme :

— Oui, ça me plaît Cameron.

Ses lèvres s'étirent en un sourire fin, délicat. Mon pouce frotte sa barbe alors que mon front se colle au sien. Au loin, j'entends vaguement la compétition de rodéo qui continue de tourner sur mon téléphone. Ça n'a pas d'importance, ce qui compte c'est ce qui est en train de se jouer entre nous ce soir.

— Mais tu sais ce qui me plaît encore plus ?

Il ouvre les yeux et secoue la tête.

— Toi.

Il soupire, libérant le souffle qu'il retenait avant mon aveu. Ses bras se referment autour de moi et il me colle délicatement contre lui. Nous ne sommes plus qu'un dans cette étreinte salvatrice. Celle qui confirme que nous avons fait le bon choix, que nous étions fait pour nous rencontrer. Alors je me laisse aller dans ses bras, suis le mouvement régulier de sa respiration et m'endors rapidement, le cœur léger et l'esprit apaisé.

CHAPITRE 10

— Où est-ce que tu m'emmènes ?
— Ça ne serait plus une surprise si je te le disais !

Je prends donc mon mal en patience, reportant mon attention sur le paysage qui défile à travers la fenêtre. Je ne pense plus pourvoir me passer de la beauté du Montana, du lever de soleil qui effleure les montagnes, des chevaux qui galopent dans les plaines, des troupeaux qui paissent, du cowboy à mes côtés, de sa main qui tient la mienne et qu'il a prise de sa propre initiative. Depuis hier soir, les choses semblent avoir changé entre nous. Cameron est toujours aussi peu bavard, mais il se montre tout de même plus démonstratif. Il m'effleure quand je passe à ses côtés, fait toujours attention à ce que je ne manque de rien. Il prend garde à ce que je prenne bien mes lunettes de soleil avant de sortir, sûrement fatigué de me prêter son chapeau.

Jamais encore on avait pris soin de moi comme il le fait. J'essaie ne pas me faire de faux espoirs, mais c'est difficile quand mon cœur s'emballe à chaque fois que je le vois, à chaque fois que je le touche.

Le pick-up s'arrête devant un magasin en ville et me sors de mes pensées qui étaient doucement en train de dériver vers une autre activité que nous aurions pu faire tous les deux.

— Un chapelier ?

— Il te faut bien ton propre Stetson si tu veux m'accompagner au rodéo, me dit Cameron en me gratifiant d'un clin d'œil.

Il coupe le contact et nous descendons à l'unisson.

La boutique sent le cuir et est bondée de monde. Des cowboys qui viennent entretenir leur chapeau aux touristes qui veulent un souvenir de leur voyage, tout se bouscule. La large stature de Cameron nous permet de nous frayer un chemin dans ce dédale humain, et nous arrivons près d'un guichet un peu en retrait, derrière une montagne de couvre-chef.

— Cameron Darling ! Quel plaisir de voir ta trogne dans le coin.

Le vieil homme, cure-dent en bouche, sort de derrière son comptoir et salue le cowboy d'une accolade amicale.

— Ça fait un bail. Qu'est-ce qui t'amène ?

— Il faudrait un chapeau pour cette jeune femme.

Il me désigne d'un signe du menton, et l'attention du vieil homme – Darren d'après son badge – se fixe sur moi. Son visage buriné par le temps lui donne l'allure d'un papy sympathique et amusant. Ses yeux pétillent de malice et il esquisse un sourire alors qu'il m'inspecte tout en se grattant le menton.

— Je pense avoir ce qu'il vous faut, ma belle.

Son accent à couper au couteau me donne du fil à retordre alors qu'il m'entraîne dans les rayons et m'explique le procédé pour choisir son chapeau. Comme pour Eragon, ce n'est pas vous qui choisissez votre dragon – ici Stetson – mais le dragon qui vous choisit. Il s'arrête devant quelques chapeaux au cuir clair et en sélectionne quelques-uns. Il m'en passe un premier, que je mets tout de suite sur ma chevelure de feu. Je cherche un miroir du regard, sans succès. À la place, je trouve la grimace désapprobatrice de Darren et je comprends que ce n'est pas le chapeau qu'il me faut.

— Au suivant, grommelle-t-il.

J'essaie les deux autres, sans succès. Darren m'entraîne dans une autre partie de la boutique, essaie de nouveaux modèles, mais rien ne semble lui convenir. Je suis certaine que, dans tous ceux qui ont touché mon crâne, il y en avait au moins un qui m'allait. Après tout, j'en ai juste besoin pour le rodéo de la semaine prochaine, je n'ai pas besoin qu'il me sied à la perfection. J'en fais part à Darren, entre deux essayages et il me foudroie du regard. Le message est clair : on ne rigole pas avec son couvre-chef dans le coin.

—Alors ?

La voix rugueuse de Cameron me sort de mes pensées. J'ai commencé à suivre Darren en pilote automatique, m'arrêtant quand il me faisait signe et attendant son verdict. Le cowboy semble sortir de nulle part, mais il tient à la main un kit d'entretien. Je suppose qu'il a fait ses emplettes pendant que je déambulais dans les allées. Si le Ollivander des couvre-chef me paraît sympathique, l'arrivée du cowboy me rassure et me réchauffe. Je me sens d'ailleurs rougir alors qu'il inspecte le Stetson qui recouvre ma chevelure flamboyante.

— Je ne trouve pas le chapeau parfait.

Cameron esquisse un sourire.

— Tu permets ?

Darren marmonne quelque chose et cède la place au cowboy.

— Le soucis, c'est que tu t'entêtes à vouloir faire en sorte que le chapeau se marie avec ses cheveux, quand il doit se marier avec sa personnalité.

Le vieil homme lève les yeux au ciel.

— Et depuis quand tu t'y connais autant ?

— Depuis que je passais tous mes étés à traîner dans ta vieille bicoque.

Darren sourit et le regarde avec tendresse alors que Cameron inspecte les nombreux Stetson devant nous. Dans la boutique, le tumulte s'est un peu calmé. L'heure du repas approche, et avec elle les touristes et autres clients s'éclipsent. Le cowboy choisit un chapeau radicalement différent de ceux proposés par Darren. Alors que le chapelier s'entêtait à me proposer des coloris neutres,

Cameron n'hésite pas à choisir de la couleur. Il pose sur mon crâne un chapeau en cuir vert, se recule de quelques pas et sourit.

— Parfaite, souffle-t-il.

Je sens mes joues se teindre de rouge à mesure que son regard me détaille et une vague de chaleur s'empare de moi. Je détourne le regard, ne parvenant plus à supporter l'ardeur que je devine dans celui de mon interlocuteur.

— Pas mal, mais il y a quelques ajustements à faire, commente alors le chapelier.

Darren reprend son bien et fait demi-tour. Mon regard capte une nouvelle fois celui de Cameron avant que nous nous mettions à suivre le vendeur. Une fois au comptoir, Darren prend mes mesures et s'éclipse dans l'arrière boutique.

— On n'était pas obligés de venir en ville pour ça, tu sais…

Accoudé sur le comptoir, Cameron se tourne à demi vers moi.

— Bien sûr que si, il faut bien que tu sois une vraie cowgirl pour m'encourager.

— Oh, donc c'est juste pour compter une fan de plus dans tes rangs.

— Tu as tout compris, dit-il en me saisissant la main.

Cameron me rapproche de lui, glisse une mèche de mes cheveux sauvages derrière mon oreille avant d'effleurer ma joue de la pulpe de ses doigts. Sa peau est chaude contre la mienne, me faisant frissonner. Darren met fin à cette étreinte lorsqu'il revient.

Le chapeau en place, il me fixe d'un œil expert, presque dur, avant de sourire.

— Ça fera l'affaire.

Enfin, il me tend un miroir et j'admire le résultat. Je suis soufflée, je ne pensais pas qu'un simple chapeau puisse refléter ainsi ma personnalité. Le vert, sous la plupart de ses nuances, a toujours été ma couleur favorite. La couleur foncée choisie par Cameron souligne les reflets de mes cheveux roux, se marie avec délicatesse dans l'incendie de ma crinière. Mes yeux semblent ressortir davantage, mes tâches de rousseur sont soulignées. On dirait que ce chapeau était fait pour moi, pour faire ressortir la cowgirl qui sommeille en mon sein.

Si Darren ne semble pas convaincu, la lueur dans le regard de Cameron me convainc que ce chapeau est le bon. Je vois son reflet dans le miroir, nos regards se captent et ne se détachent pas tout de suite. Un sourire discret fend son visage, faisant apparaître de petites rides au coin de ses yeux. Son propre chapeau, toujours vissé sur sa tête, crée une ombre sur son front, cachant un peu ses yeux et ne me permettant pas d'en apprécier pleinement la beauté. Je brûle de lui retirer ce fichu couvre-chef pour détailler encore son expression. Je fonds sous l'inspection de ses prunelles et contiens difficilement mon envie de l'embrasser.

— Ça te va ? me questionne-t-il de sa voix rocailleuse.

Je hoche la tête, trop émue pour émettre le moindre son.

— Alors allons-y.

Je lui souris en réponse et me dirige vers la caisse, à l'entrée du magasin. Cameron me retient lorsque je sors ma carte de crédit, se plaçant gentiment devant moi et grommelant que ça lui fait plaisir de me l'offrir.

Lorsque nous sortons du magasin, il se place du côté de la route, me rapprochant ainsi de la devanture des boutiques.

— Et maintenant ? je lui demande, admirant mon reflet dès que l'occasion se présente.

Cameron avise mes baskets.

— On va manger et on va t'acheter des bottes. Tes chaussures ne tiendront pas deux minutes sur le rodéo.

Je regarde mes baskets montantes. Si elles sont confortables pour traîner en ville, je me rends vite compte qu'en effet, elles ne seront pas suffisantes pour marcher lors du rodéo.

— D'accord, mais c'est moi qui les achète !

Cameron rit, passe un bras autour de mes épaules et me rapproche de lui :

— Essaie seulement de m'en empêcher.

Je tourne le visage dans sa direction, découvrant son air mutin. Comment résister ? Je me contente de soupirer et de le suivre dans le petit restaurant dans lequel nous nous étions déjà rendus, au début de mon séjour. Alors que seulement quelques jours se sont écoulées, j'ai l'impression qu'une vie entière s'est déroulée.

Les jours s'écoulent tranquillement aux côtés de Cameron, m'apportant le calme dont j'ai besoin après une année tumultueuse. Pour mes proches, je passe mes journées à lire, ce qui n'a rien de fatiguant en soi. Ils ne se rendent pas compte de l'ampleur du travail qui se cache derrière les chroniques que je dois rendre. En plus des lectures, je dois réfléchir à des chroniques qui rendent justice à l'ouvrage, qui seront attractives et donneront envie aux gens qui me suivent de les lire et à ceux qui ne me suivent pas de s'y mettre. Je dois également m'entretenir avec les chargés de communication des différentes maisons d'édition pour lesquelles je suis partenaire. Je ne suis pas qu'une lectrice, je suis également une femme d'affaires. Parce que j'ai fait de mon plaisir un métier, on oublie trop souvent que je m'esquinte pour obtenir certains partenariats exclusifs.

C'est comme ça que j'ai eu l'exclusivité de couvrir le festival qui m'a conduite à Édimbourg. Lisant principalement en anglais, j'ai réussi à obtenir une rencontre avec l'une des autrices présentes sur place. Une maison d'édition française avec laquelle j'ai l'habitude de travailler a racheté les droits du roman pour le faire traduire. Ayant déjà lu le livre, je me suis battue bec et ongles pour obtenir un *pass press* – les pass festivaliers s'étant écoulés en quelques minutes seulement. Sans cet acharnement, jamais je n'aurais pu couvrir l'événement et jamais je n'aurais rencontré l'Adonis qui m'ouvre la porte du restaurant, s'effaçant pour me laisser entrer la première.

Sally, la serveuse qui s'était déjà occupée de nous, me sourit dès que je passe la porte. Mon cœur se gonfle à l'idée qu'elle me reconnaisse au premier coup d'œil. À Arras, cela fait quatre ans que je me rends dans le même café tous les matins, et le serveur ne s'est jamais souvenu de moi. Du moins, il ne m'a jamais laissé entendre que c'était le cas.

— Qu'est-ce que je vous serre ?

Installés un peu à l'écart, autour d'une petite table en bois, nous passons commande.

— Joli chapeau, me complimente la serveuse avec un clin d'œil.

— Merci, je lui réponds avec enthousiasme, c'est un cadeau !

Sally échange un rapide coup d'œil avec Cameron qui, j'en suis sûre, se met à rougir.

— Demain c'est le grand départ ?

— Oui, confirme-t-il.

— Tu te sens prêt ?

— Toujours.

— Ma petite, soupire Sally en se tournant dans ma direction, il faudra faire attention à cet énergumène ! Il ne semble pas connaître la notion du mot danger.

Elle me fait rire à le réprimander comme si c'était un enfant. Cameron, de son côté, se renfrogne.

— Ne dis pas le contraire, le fustige-t-elle, faut-il te rappeler la manière dont tu t'es cassé le bras ?

Je suis l'échange, fascinée, retenant mon rire.

– Promis, je veillerai sur lui.

Satisfaite de ma promesse, Sally tourne les talons. Nous l'entendons hurler notre commande dans la cuisine.

— Elle tient beaucoup à toi.

Cameron tourne un regard affectueux vers la cuisine avant de revenir vers moi.

— C'est ma tante, m'avoue-t-il. Elle veille sur moi depuis… il se racle la gorge, depuis que j'ai coupé les ponts avec mes parents.

— Oh…

Une réponse intelligente pour ce genre de révélation, on en conviendra.

— Ça fait longtemps que tu ne les as pas vus ?

— Depuis cinq ans, me répond-il sans s'émouvoir.

Un silence s'installe quelques minutes, le temps pour Sally de revenir vers notre table avec nos boissons.

— Comment ça se passe exactement, le tournoi ?

Les yeux de Cameron s'illuminent, il se redresse sur son siège. Tout mon corps est tourné vers lui, attendant des explications. Il ne faut pas être devin pour comprendre que ce sport, c'est toute sa vie. Je suis tellement triste qu'il n'ait personne pour l'accompagner dans son entourage ! Jamie va venir avec nous, mais ce n'est pas la même chose de partager sa passion avec ses parents. Les miens, même s'ils ne comprennent pas mon métier, me soutiennent dans tout ce que je fais.

— Le premier jour, on fait un peu le repérage des chevaux.

— Vous avez le droit de choisir ?

— Non, répond-il en laissant échapper un rire, mais nous avons le droit de nous faire une idée. Certains chevaux sont plus teigneux que d'autres. C'est comme les gens, ils ont leur propre caractère.

— Je vois.

— Ensuite, on se retrouve au centre de la piste pour faire le tirage au sort.

— Et ensuite, que se passe-t-il ?

— Mon épreuve ne commence pas avant le troisième jour du rodéo. Alors le lendemain de notre arrivée, on pourra profiter de la fête foraine si le cœur t'en dit.

Si le cœur m'en dit ? Bien sûr ! Si je me fais la promesse de veiller à ce qu'il ne se fatigue pas avant sa compétition, je peux promettre qu'il ne sait pas dans quelle galère il vient de se fourrer. J'adore les fêtes foraines

— Avec plaisir, je me contente de répondre en souriant.

— Jamie participe aussi, en équipe avec un autre de nos amis. Ils vont affronter leurs rivaux dans la capture de vachette. Je vais aussi aller jeter un coup d'œil à la course d'Olivia, pour voir si elle a tenu compte de mes conseils.

La mention de la jeune femme me renfrogne. Je n'ai pas l'habitude d'être jalouse et Cameron n'a rien fait pour me laisser penser qu'il est intéressé par elle. Cependant, je ne la sens pas.

— D'accord, je marmonne, faisant de mon mieux pour cacher mon ressentiment face à la jeune femme.

— Viendra alors mon tour de qualification. Si je les passe, il y aura la demi-finale et la finale.

— Et qu'est-ce qui se passe, si tu gagnes ?

— Je remporte le pactole et je peux continuer à payer mes factures.

— Il y a une remise des prix ?

— Il y en a une, me confirme Cameron, mais je n'y assiste pas souvent.

— Pourquoi ? je m'étonne en fronçant les sourcils.

Cameron hausse les épaules. Nous sommes interrompus par le retour de Sally qui dépose nos généreuses assiettes devant nous. Lorsqu'elle s'est éloignée, Cameron me répond d'une voix faible, presque brisée :

— Je n'aime pas être le centre d'attention.

J'attrape sa main, qui repose à côté de son assiette, et serre ses doigts légèrement. Son regard trouve le mien.

— C'est vraiment pas de chance, tu es au centre de toutes les miennes.

CHAPITRE 11

Affublée de mes nouvelles bottes, je grimpe dans le pickup. Le jour se lève à peine et pourtant, nous sommes sur le pont depuis déjà deux heures. Le réveil a été brutal, pour moi surtout. Cameron est frais comme un gardon. Je pense que l'excitation de la compétition aide beaucoup. Il m'a extirpé du lit comme Jamie Lee Curtis avec Lindsay Lohan. S'il y avait une tête de lit dans la chambre de Cameron, je m'y serai agrippée avec ferveur. Malheureusement, j'ai dû quitter le cocon réconfortant de ses draps pour rejoindre la fraîcheur matinale.

Mon visage se défroisse à peine lorsque nous montons dans le camion qui doit nous conduire à Bigfork. Je jette un regard à Cowbie qui semble me narguer de ses petits yeux brillants. Cameron prend place à mes côtés.

— Tu sais, Cowbie n'y est pour rien, pas la peine de l'assassiner du regard.

Je soupire de frustration, je n'ai jamais été du matin.

— Combien de temps on a jusque Bigfork ?

— Moins de deux heures.

— Quoi ? Je pensais que c'était plus loin que ça ! Pourquoi on a dû se lever si tôt ?

Cameron laisse échapper un petit rire.

— Parce qu'on a un cheval avec nous et qu'on doit rouler avec précaution.

Avant notre départ, Cameron a reçu un appel des organisateurs. À cause de l'annulation de l'un des participants, ils n'avaient plus de cowboy disponible pour faire une démonstration de *barrel race*. Le beau brun étant une bonne patte malgré ses airs renfrognés, il a accepté. Nous emmenons donc Bronx avec nous.

— Qui va s'occuper de Jolly et des autres ? je demande en jetant un coup d'œil vers les écuries.

— Sarah va passer et ensuite Luke, son mari, prendra la relève lorsqu'elle nous rejoindra pour encourager Jamie.

Cameron met ensuite le contact et nous sortons de la propriété. Malgré ma lutte, je m'endors bien vite, bercée par le vrombissement du moteur et le rythme lent de notre progression.

*

Lorsque Cameron me réveille, je tombe directement dans le vert de ses yeux. Je pensais me réveiller en cours de route, mais il faut croire que ça n'est pas arrivé. Je me rends compte, sans savoir comment elle est arrivée là, que je tiens Cowbie dans mes bras. Je m'empresse de la remettre en place alors que Cameron s'éloigne.

— Désolée, je ne pensais pas m'endormir…

— Vraiment ? me demande-t-il, une lueur d'espièglerie dans le regard.

— Bon, peut-être que je savais qu'il y avait de grandes chances pour que ça arrive.

— Heureusement que j'ai l'habitude de faire la route tout seul, tu es une très mauvaise copilote.

Je lui donne un léger coup dans le bras, ce qui le fait rire, puis nous sortons de concert. Je réalise alors l'effervescence qui règne autour de nous. Il y a des cowboys et des chevaux partout. J'avais perdu l'habitude du bruit en vivant avec Cameron, loin de tout. Je suis déboussolée par toute cette ambiance, soufflée par l'énergie qui se dégage de ce lieu. Des amis se retrouvent, des rivaux se toisent, des chevaux hennissent et des vaches meuglent. Je n'avais jamais assisté à un tel événement. Tout est loin de ce que je pouvais imaginer.

— Allons-y, souffle Cameron en posant une main sur ma hanche pour m'inviter à avancer.

Il attrape ma main en passant à mes côtés, scelle nos doigts.

— Surtout, ne me perds pas de vue.

Aucune chance que cela arrive, j'agrippe sa main avec fermeté, m'y accrochant comme un naufragé à une bouée de sauvetage.

Nous nous faufilons à travers les nombreux camions, vans et pickup. Nous évitons quelques personnes, mais bien vite les gens commencent à reconnaître Cameron et à l'arrêter pour le saluer. S'il se prête au jeu en souriant, il ne parle que du bout des lèvres et sa main serre la mienne un peu plus fort. Je me rapproche de lui, me collant contre ses flancs et je le sens se détendre. Je caresse tendrement et distraitement son bras. Il nous faut un temps phénoménal pour parvenir au bureau d'enregistrement.

Cameron se présente même si, au regard que lui lance la réceptionniste, il n'en aurait pas besoin. Je suis aux côtés d'une vraie célébrité. J'ai vu les trophées, lu les articles et regardé les vidéos qui parlent de lui sur internet. Pourtant, je ne pensais pas qu'il avait une telle notoriété dans le milieu du rodéo. C'est à la fois impressionnant et terrifiant. Je n'ai pourtant pas le sentiment qu'il soit très à l'aise avec toute cette attention. Je pense qu'il préférerait qu'on le laisse voguer à ses occupations sans l'interrompre à tout va. Cependant, lorsque nous sortons avec son dossard et qu'un adolescent l'arrête pour lui demander de prendre une photo avec lui, il se prête au jeu avec bonhomie.

Dès que le jeune s'éloigne, Cameron me cherche du regard, sourit lorsqu'il me voit et reprend ma main dans la sienne. Je me fiche des regards qu'on lance à nos mains enlacées. Je me contente de remettre mon chapeau en place et de lever fièrement le regard parce que c'est avec moi que Cameron a décidé de venir aujourd'hui. Il me fait confiance et veut me montrer son univers. C'est avec un plaisir non feins que j'y saute à pied joints, ravie de connaître une nouvelle facette de sa personnalité.

Une fois arrivés au pickup, Cameron ouvre le van et s'y infiltre pour parler à l'oreille de Bronx. Le cheval trépigne d'impatience, lui aussi doit sentir l'effervescence du lieu.

— Aller mon vieux, il va falloir faire ça bien.

Mon compagnon fait sortir sa monture du camion puis l'emmène jusqu'au box qui lui est alloué dans les écuries. Pendant qu'il s'en occupe, j'attrape nos bagages et me dirige vers la réception des logements. Les cowboys de la trempe de Cameron logent sur place, dans un hôtel construit par les organisateurs il y a une dizaine d'années. Cela leur permet de rentrer directement pour se reposer et affronter leurs concurrents sereinement, au lieu de quitter les lieux du rodéo pour retourner en ville ou de dormir dans une caravane.

— Bonjour, j'ai une réservation au nom de Cameron Darling.

Le réceptionniste me toise un instant, il avise le badge que je porte autour du cou avant de reporter son attention sur l'ordinateur qui lui fait face.

— Chambre 223 et 226, deuxième étage. L'ascenseur est au fond du couloir.

Deux chambres ? Je pensais bêtement que nous continuerions comme à la maison… Bien que déçue, j'attrape les clés et suis les indications données pour rejoindre l'ascenseur. Je croise de nombreuses jeunes femmes, toutes plus belles les unes que les autres. Assurément, elles sont là pour encourager leur cowboy favori. Je pense même que certaines ne sont là que dans le but de tenter leur chance. Toutes portent la même tenue que moi : un jean, un tee-shirt, des bottes et un chapeau. Je me fonds dans la masse comme un poisson dans l'eau. Il y a encore six mois, je n'aurais jamais imaginé me retrouver ici... C'est fou comme les choses peuvent changer en si peu de temps !

Après avoir déposé le sac de voyage de Cameron dans une chambre, je me dirige vers la deuxième. Elle est à l'image de celle de mon compagnon : spacieuse et confortable. Bien que nous soyons au pied du rodéo, le bruit ne parvient que légèrement jusqu'ici, offrant un semblant de calme bienvenu après l'effervescence de la matinée. J'envoie un message à Cameron – nous avons eu la bonne idée d'enfin nous échanger nos numéros – pour lui dire où je me trouve, puis je me laisse tomber sur le lit. Je fixe le plafond, me perdant dans mes pensées.

Voilà ce que je sais jusqu'à présent : j'ai pris l'avion pour rejoindre un inconnu, cet inconnu se révèle être un grand brun réservé et en manque de confiance en lui, il vit dans un endroit merveilleux, il me fait découvrir son univers sans m'imposer ses choix, il cuisine. Je suis plongée dans la culture américaine alors que je ne pensais jamais mettre les pieds dans le Montana. J'ai appris à monter à cheval. Cameron m'a offert un chapeau et des bottes et, à la lueur qui brillait dans ses yeux lorsqu'il m'a vu sortir de la salle de bains ce matin, ce combo semble lui faire un certain effet. Enfin, je ne peux pas me passer de sa présence. Je ne suis plus en train de tomber sous son charme, j'y ai totalement succombé et je ne serai pas surprise de tomber amoureuse de lui, chose à laquelle je ne m'attendais pas en venant le rejoindre. Je ne pensais pas ressentir une telle attraction envers lui. Mais, si je n'avais jamais pensé un jour avoir le coup de foudre, je dois bien avouer que Cameron bouscule tout ce que j'ai un jour pu penser de ma future relation amoureuse.

— Lucie ?

La voix rocailleuse de Cameron me ramène sur Terre. L'inquiétude qui transperce dans son ton me laisse à penser qu'il a essayé d'attirer mon attention plusieurs fois avant que je ne réponde. Je n'attends pas une minute de plus pour aller lui ouvrir. Le soulagement qui transparaît sur son visage me fait sourire.

— J'avais peur que tu sois partie faire un tour.

Son bras gauche est appuyé contre le chambranle de la porte, son chapeau crée une ombre qui cache légèrement son regard. Il m'électrise. Je m'écarte pour le laisser entrer, tout en déclarant du ton le plus détaché possible :

— Non, j'étais simplement perdue dans mes pensées, je ne t'ai pas entendu.

— Et à quoi tu pensais ? questionne-t-il en enlevant son chapeau et en le posant sur le bord du lit.

— À toi.

Ses joues s'empourprent et son regard devient fuyant. Il se racle la gorge, comme à chaque fois qu'il est gêné, avant de changer de sujet.

— Ta chambre te plaît ?

— Oui.

— Cool, souffle-t-il.

— Cameron ?

— Hmm ?

Il me regarde enfin, un air interrogateur accroché au visage.

— Pourquoi on ne dort pas ensemble ?

Je ne passe pas par quatre chemins. Que nous ayons des chambres séparées m'a surprise dès l'instant où le réceptionniste m'a donné nos clés. Je dois dire que je me suis habituée à partager mes draps avec lui... Il ne s'est jamais rien passé entre nous, simplement quelques effleurements. Une jambe qui en touche une autre, un bras qui enlace, des doigts qui se cherchent.

Cameron passe une main sur sa nuque.

— Je vais me lever tôt ces prochains jours et rentrer tard, je me suis dis que tu aimerais avoir une certaine tranquillité, que tu… que tu aimerais être au calme. Que tu en profiterais pour lire un peu, prendre un bain, te détendre… Et puis, j'ai fait les réservations avant que tu n'arrives… Je ne pensais pas que…

À mesure qu'il parle, je m'approche de lui. Quand quelques centimètres seulement nous séparent, je pose mes mains sur son torse. Son débit de parole s'est accéléré, témoignant d'une certaine nervosité. Mon geste le surprend, le ramène au calme.

— Cameron, je pouvais faire tout ça dans la même chambre que toi.

Ses yeux s'écarquillent un peu, sa bouche s'entrouvre sans qu'il ne sache quoi répondre.

— Je…

Il déglutit et je suis le mouvement de sa pomme d'Adam. Je n'ai qu'une envie : déposer mes lèvres sur sa peau. Je veux faire taire ses doutes, lui faire comprendre qu'il me plaît. Je suis persuadée que mes sentiments sont partagés, que je lui plaît également, mais qu'il ne sait pas vraiment comment s'y prendre. La fuite de sa sœur, le rejet de ses parents, sont autant de pierre à l'édifice de son manque de confiance.

Comme pour confirmer mes pensées, ses mains entourent ma taille et il me serre dans ses bras. Je me hisse sur la pointe des pieds pour nicher ma tête dans son cou. J'inspire son odeur, mélange de paille et de transpiration.

Quelques effluves de son savon résistent et viennent chatouiller mes sens. J'entends son cœur battre frénétiquement dans sa poitrine. Le mien lui répond alors que sa bouche vient poser un délicat baiser sur ma joue.

*

Ils sont intenables, sentant probablement que dans deux jours ils seront le centre de l'attention, qu'une arène entière sera là pour les regarder briller. Je pourrai parler des chevaux sauvages qui arpentent la carrière, mais c'est bien des cowboys qui vont tenter de les dresser dont il est question. Je n'ai jamais vu autant de démonstration de testostérone au mètre carré. Même Cameron semble se prêter au jeu, marchant d'un pas ferme en étudiant les chevaux devant lui, son Stetson vissé sur son crâne. Les hommes parlent fort, retroussent les manches de leur chemise pour montrer leurs avants-bras puissants. Certains crachent même par terre. Les quelques femmes présentent et qui vont se prêter à l'exercice ne semblent pas faire grand cas de la situation, habituée à cette démonstration virile.

Je regarde moi aussi les chevaux, essayant de déterminer lequel d'entre eux serait la parfaite monture, mais je me surprends davantage à les trouver magnifiques avec leurs différentes robes qu'à leur trouver un intérêt quelconque pour la monte.

Cameron revient vers moi après avoir effectué un nouveau tour de piste. Après notre moment dans la chambre, il a retrouvé quelques amis sur le rodéo, dont Rodney, un vieux loubard qui l'a pris sous son aile lorsqu'il a décidé de mettre un terme à sa carrière de *barrel race*.

— Alors, je demande, qu'est-ce que ça donne ?

Il jette un coup d'œil vers les chevaux, écartant son chapeau de son front pour s'éponger un peu avant de déclarer :

— Rodney est plutôt confiant, aucune des bêtes ne semblent en mauvaise santé, ils seront tous énergiques pour le grand jour.

— Tu as ta petite préférence ?

Mon compagnon esquisse un sourire en coin et remet son chapeau en place.

— Ouais.

Il s'approche de moi, se plaçant dans mon dos et, d'une main sur mon épaule, me tourne en direction d'un étalon alezan, un peu en retrait des autres. Sa musculature puissante me rappelle celle de Bronx.

— Terreur de Feu, m'apprend Cameron.

— Quel nom ridicule, je pouffe.

Le torse de Cameron est secoué par un rire et vibre contre mon dos.

— Peut-être, mais en tout cas il lui va bien. Il a envoyé valser plus d'un des gars qui est ici.

Je jette un coup d'œil circulaire, avisant les adversaires de Cameron.

— Ils ont tous l'air de poids plume, c'est normal.

Un nouveau rire s'échappe de ses lèvres.

— Tu dis ça parce que je t'ai soudoyée avec un chapeau et des bottes.

Toujours entre ses bras, je me retourne pour lui faire face.

— Et par ton sens de l'humour à toute épreuve, bien sûr.

— Bien sûr, acquiesce-t-il en souriant.

— Et maintenant ?

— Maintenant, il va falloir que je me jette dans la fosse aux lions.

*

— Et enfin, veuillez réserver un tonnerre d'applaudissements pour l'enfant chéri du Montana, qui vient remettre en jeu son titre pour la sixième fois... Cameron Darling !

L'arène, bondée alors qu'il ne s'agit que d'un tirage au sort, résonne des cris des supporters. La frénésie environnante fait trembler les gradins alors que Cameron fait son entrée. Il salue la foule, un grand sourire aux lèvres, bombe le torse lorsqu'il arrive près de ses concurrents. Ce n'est plus le Cameron timide, celui qui aimerait se trouver loin de la foule, que j'ai sous les yeux. Là, c'est la version rodéo. Son personnage ne correspond pas du tout à sa personnalité, pourtant je ne peux m'empêcher de le dévorer du regard. Son assurance, aussi feinte soit-elle, est électrisante. La foule clame son nom, l'enfant du pays est choyé.

Lorsque tous les concurrents sont en place, le présentateur annonce que les tirages au sort vont pouvoir débuter. Un premier cowboy s'approche et plonge sa main dans la coupe au centre de la piste. Il lève ensuite son papier pour le présenter à la caméra et le nom du cheval s'affiche en grand sur les écrans. Je n'ai retenu que le nom de Tonnerre de Feu, le bronco qui met au tapis tous les cowboys.

Ces derniers se succèdent les uns après les autres, jusqu'au tour de Cameron. Il scrute la foule alors que sa main plonge, confiante, dans la coupe. Il déplie le papier sans y jeter un œil. Son attention entière est tournée vers le public qui retient son souffle. Les yeux verts de Cameron sondent chaque personne présente, avant de s'arrêter sur un point fixe. Un sourire en coin se dessine sur ses lèvres et, avec arrogance, il dévoile à la caméra le nom du cheval qu'il vient de tirer au sort. Je relâche mon souffle quand je découvre qu'il s'agit de Tonnerre de Feu. J'aurais dû m'en douter, il ne reste que deux cowboys en attente. Les chances pour que Cameron s'en sorte sans tirer ce redoutable bronco étaient minces.

Il ne laisse rien paraître en découvrant sa monture. Son sourire en coin reste en place, ses yeux, dissimulés par l'ombre de son chapeau comme à l'accoutumée, sont invisibles. De mon côté, je me ronge les sangs en me demandant s'il réussira les qualifications. Après tout, le cheval qu'il a tiré au sort est connu pour se débarrasser de ses cavaliers sans ménagement. Et si c'était le cas de Cameron ? Et s'il ne parvenait pas à rester en selle et que sa monture se mettait à le piétiner ? Je m'imagine un nombre incalculables de scénario catastrophes tandis que le cowboy revient vers moi d'un pas tranquille.

— Alors ? je lui demande quand nous nous retrouvons.

— Je suis content, c'est un bon tirage au sort.

Il passe un bras autour de mes épaules et me rapproche de lui.

— Vraiment ?

Je me tords le cou pour le regarder. Cameron dépose un baiser sur ma joue et murmure :

— Vraiment. Ça va me challenger un peu, ce n'est pas plus mal.

Sa désinvolture me fait du bien, il est dans son élément ici. Nous sommes loin du Cameron qui évolue au ranch.

C'est comme si sa véritable personnalité percée enfin. Que ses parents aient essayé de l'éteindre me dépasse.

— Tu es bien sûr de toi !

— Il faut bien que je le sois dans un certain domaine.

— Et dans quels autres domaines tu voudrais être plus doué ?

Nous faisons quelques pas avant qu'il ne réponde.

— Je n'ai jamais été très doué avec les filles.

Je fronce les sourcils.

— Arrête de mentir.

— Je ne mens pas !

— Tu ne me feras pas croire que tu n'as jamais usé de ton charme. D'ailleurs tu n'as pas besoin de faire grand chose pour séduire.

Cette fois-ci, Cameron s'arrête. Nous sommes en plein milieu de l'allée principale, celle qui relie les différents points du rodéo : la fête foraine, un peu plus loin, les stands de nourriture, les écuries, les arènes qui accueillent les différentes épreuves. Les gens nous évitent, ne nous prêtent pas réellement attention. Il n'y a que lui, moi, et le soleil qui commence à décliner sur Bigfork.

– Qu'est-ce que tu veux dire ?

Il fronce les sourcils et me dévisage comme-ci j'avais un troisième œil qui était en train de me pousser sur le front.

— Enfin Cameron ! Tu ne vas pas me faire croire que tu n'es pas au courant de ton charme.

Je le désigne d'un geste de la main.

— En plus d'être sublime, tu es gentil, attentionné et à l'écoute. N'importe quelle fille serait séduite en un clin d'œil.

— Tu tomberais sous mon charme ?

— C'est déjà fait, je réponds sans hésiter. Oh, ne fais pas l'étonné ! je m'emporte faussement en levant les yeux au ciel. Je serai partie depuis bien longtemps si je n'étais pas attirée par toi.

— Je... commence-t-il avant de se mettre à rire nerveusement, merde Lucie...

Il passe sa langue sur ses lèvres, essuie son front du revers de la main et reporte son attention sur moi alors qu'elle avait dévié un peu plus loin, le temps qu'il retrouve ses esprits.

— Tu peux être honnête, si tu n'es pas attiré par moi, je ne le prendrai pas mal.

C'est faux, je pense que s'il m'annonce que je ne suis rien d'autre qu'une amie, qu'il était content de faire ma connaissance, mais que ses sentiments ne sont finalement pas réciproques, je pourrai creuser un trou dans lequel j'irai me terrer jusqu'à la fin des temps.

— Je suis attiré par toi.

Ses yeux adoptent une teinte légèrement plus sombre alors qu'il s'approche de moi, pose ses mains sur ma taille et m'attirent à lui. Devant moi, je retrouve le Cameron de l'arène, celui qui était sûr de lui. Il se penche pour arriver près de mon oreille.

— Si je ne me retenais pas, je t'embrasserai ici et maintenant.

Ma voix n'est qu'un souffle quand je réponds :

— Alors pourquoi tu ne le fais pas ?

Sa bouche migre de mon oreille à mes lèvres. Il les survole sans les toucher. Je m'agrippe à son tee-shirt de peur de tomber tant la tension entre nous me fait frémir.

— Lucie, le jour où je t'embrasserai, je ne veux pas de témoin.

Ses mains encadrent mon visage et il m'oblige à le regarder. Nous ne sommes qu'à quelques centimètres l'un de l'autre, je pourrai rompre cette distance, lui voler ce baiser que je désire ardemment.

— Tu ne mérites pas un baiser volé, tu ne mérites pas que je t'embrasse en pleine rue pour la première fois. Tu ne mérites pas que je le fasse rapidement parce que je serai gêné du regard des autres.

Ses pouces entament de délicieuses caresses et je ferme les paupières un instant, savourant la rugosité de sa peau contre la mienne.

— Tu mérites que je te chérisse jusqu'au petit jour.

Mes poings se referment davantage sur son tee-shirt, l'attire vers moi, nos lèvres se frôlent presque. Il suffirait d'un centimètre de plus pour…

— Crois-moi Lucie, j'en meurs d'envie. Je ne pense qu'à toi depuis que je t'ai vue à Édimbourg. Tu es le feu de mes pensées, l'incendie qui me ravage chaque jour et je suis terrifié à l'idée de ne pas être à la hauteur. Alors, s'il-te-plaît, laisse-moi le temps de rassembler le courage nécessaire pour enfin poser mes lèvres sur les tiennes.

Doucement, retrouvant mes esprits, je hoche la tête.

— D'accord Cameron, je te laisserai tout le temps nécessaire.

Voilà une nouvelle chose que j'ai apprise sur Cameron Darling ce soir ; s'il ne parle pas beaucoup, il a le mérite de renverser toutes mes attentes par de simples mots.

CHAPITRE 12

Le regard fixé sur le plafond, j'attends que le sommeil m'attrape.

Je suis allongée depuis deux bonnes heures et rien n'y fait : je ne cesse de me repasser le film de cette soirée, les mots prononcés par Cameron. Mon cœur se met à battre la chamade dès l'instant où le visage du beau cowboy se dessine sur mes paupières, dès que sa voix résonne en moi. Le souvenir de ses mots et de notre presque baiser m'enflamme et réveille en moi un désir bien trop longtemps enfoui.

Je soupire d'exaspération et finis par soulever ma couette. Il est une heure du matin. Je suis censée me lever dans quelques heures seulement pour rejoindre Cameron à la fête foraine. Je fais quelques pas dans ma chambre avant de me rendre à l'évidence : je ne trouverai pas le sommeil de sitôt. Je me résigne donc à prendre ma liseuse et à continuer la lecture du roman que j'ai entamé dans l'avion et que j'ai délaissé depuis que je suis dans le Montana… Je n'ai jamais passé autant de temps sans lire. Même lorsque je suis occupée, je trouve toujours le temps de lire un chapitre ou deux avant de m'endormir. Pourtant, depuis que je suis ici, je n'en ressens pas le besoin. Mes journées sont pleines de découvertes et je préfère, pour la première fois, passer du temps avec quelqu'un plutôt qu'avec mon livre.

Je me replonge facilement dans la dark romance qui m'avait occupé pendant mon vol. la protagoniste est un peu niaise, ne se rendant pas compte des nombreux redflag de son partenaire et fonce tête baissée dans ses pièges, mais le charisme du personnage masculin me happe de telle sorte que je ne parviens pas à lâcher le roman.

Je suis tellement absorbée par la lecture, que je manque de hurler lorsque l'on frappe à ma porte. Éclairée par l'écran de ma liseuse, je scrute l'obscurité, comme si j'allais parvenir à voir à travers la porte. Le coup, très léger, se répète. Prenant mon courage à deux mains, je me lève et ouvre. Cameron se tient sur le seuil, les cheveux en bataille, un pantalon de jogging lui tombant sur les hanches et un tee-shirt blanc un peu trop large lui camouflant sa musculature.

— Je te réveille ? s'inquiète-t-il.

— Non, je bouquinais, je lui apprends en désignant ma liseuse.

Un léger sourire prend place sur ses lèvres, celles-là même qui n'étaient qu'à quelques centimètres des miennes un peu plus tôt dans la journée.

— Je n'arrive pas à dormir, souffle-t-il.

Mon cœur s'emballe.

— Il… il me manque quelque chose, ajoute-t-il en se raclant la gorge.

— Vraiment ?

Je couine plus que je ne parle. Je toussote, reprenant contenance comme je le peux.

— Et qu'est-ce qu'il te manque ?

Mon corps est en fusion. Je ne suis que chaleur en présence de Cameron. Son regard m'enflamme alors qu'il me détaille, que sa langue vient humecter ses lèvres. Je ne suis plus qu'une braise incandescente lorsqu'il laisse échapper sa réponse.

— Toi.

Je m'écarte, sans voix, alors qu'il fait un pas en avant pour entrer dans la chambre. L'obscurité nous englobe quand la porte se ferme derrière lui. Sa chaleur m'envahit, je le sens près de moi. Toujours à quelques centimètres d'écart. Des centimètres qui me paraissent des gouffres sans fond. J'aimerais franchir la distance qui nous sépare, mais je lui ai promis de lui laisser le temps dont il a besoin. Son torse vient toucher le mien, sa main vient effleurer mon épaule, glisse sur mon bras, serre la mienne. Je ferme les yeux, inspire son odeur et me délecte de cet instant.

Sans un mot, Cameron me guide jusqu'au lit et nous nous installons l'un à côté de l'autre sous les couvertures. Ma liseuse éteinte, nous sommes entièrement plongés dans le noir. Je n'ose pas bouger, de peur de rompre le charme de cet instant. Il n'est pas question de dormir tout de suite, je suis trop alerte, trop consciente de sa présence, trop consciente que les choses ont changé entre nous.

— Je n'arrivais pas à dormir sans toi, murmure-t-il.

Je ne réponds rien, j'ai bien compris que, lorsqu'il s'y met, il ne faut pas l'interrompre. La moindre parole lui coûte, comme s'il pensait ne pas mériter de parler, comme s'il n'avait pas son mot à dire alors que sa parole est d'or.

— C'est comme si… je ne sais pas…

Je serre sa main un peu plus fort, espérant lui donner un peu de courage.

— J'ai envie de te parler. Tout le temps, avoue-t-il.

Cet aveu me fait sourire jusqu'aux oreilles, plus encore que lorsqu'il a avoué que je lui plaisais.

— Je n'ai pas l'habitude des gens. Je ne côtoie pas grand monde, je ne sais pas me comporter en société. Mais avec toi… j'ai envie de faire des efforts.

— Cameron, tu en fais déjà assez.

Il remue à mes côtés, se couche sur le flanc et me fait face. Mes yeux se sont assez habitués à l'obscurité pour que je devine les contours de son visage.

— Ma sœur est partie faire le tour du monde il y a cinq ans. Je ne l'ai presque pas revue depuis. La dernière fois, c'était il y a deux ans, quand elle est venue me déposer Kaz. Elle l'avait adopté pour qu'il lui tienne compagnie pendant ses voyages et puis… et puis elle a fini par se dire qu'il la freinait dans ses déplacements.

Ce moment, je l'ai attendu depuis qu'il a commencé à me parler de sa famille. Je ne pensais pas qu'il l'aborderait si tôt. Je pensais qu'il lui faudrait plus de temps avant de me faire confiance, surtout avec ce sujet qui a l'air de lui tenir particulièrement à cœur.

— Son départ a signé la fin de notre famille, il n'y avait que sa présence qui m'obligeait à faire face à mes parents. Sans elle… sans elle, il n'y a pas d'intérêt de continuer à les voir.

Il se tait un instant, laissant le silence nous envelopper.

— Parfois, je reçois une carte de sa part ou elle m'envoie un message pour savoir si je veux la rejoindre. J'accepte toujours, dit-il en riant, mais elle me pose un lapin à chaque fois. Soit elle a loupé son avion, soit elle a rencontré quelqu'un qui lui propose une nouvelle aventure. C'est comme ça que je me suis retrouvé à Édimbourg.

Ses doigts effleurent ma joue lorsqu'il remet une mèche de mes cheveux derrière mon oreille.

— Est-ce que tu lui en veux parfois ?

— Oui.

Cameron prend une profonde inspiration avant de se remettre sur le dos. Je comprends alors que ce qu'il va ajouter ne va pas me plaire, mais que c'est important pour lui. Il évite mon regard pour trouver le courage de parler sans être témoin de ma réaction.

— Mais je me rappelle ensuite que c'est sa vie et que je ne suis personne pour exiger qu'elle mette ses rêves sur pause. J'ai toujours su que je resterai dans le Montana. Que je reprendrai un ranch et que j'y élèverai mes chevaux, que je continuerai le rodéo jusqu'à ma retraite avant de devenir coach. Je ne peux pas l'imposer, c'est mon choix de vie.

— Pourquoi tu me dis tout ça ?

Ma voix n'est qu'un filet, trahissant mes émotions. J'ai peur de la réponse, peur de ce qu'il va m'apprendre. Cette fois-ci, il me fait de nouveau face.

— Parce que je veux que tu comprennes que je ne me mettrai pas entre tes rêves et toi.

— Mes rêves peuvent se réaliser n'importe où...

Je me rapproche un peu plus de lui, pose ma main sur son torse, remonte jusqu'à sa joue. Nos yeux se croisent dans la pénombre.

— Quels sont tes rêves ?

Il garde le silence face à ma question, alors je répète :

— Qu'est-ce que tu veux, Cameron ?

— Toi, c'est toi que je veux.

Il prononce ces mots d'un filet de voix, si faible que je ne pense pas avoir bien entendu.

— C'est toi, rien que toi, chuchote-t-il près de mon oreille.

Son souffle me caresse, mon cœur s'emballe. Nos mains se trouvent et se joignent. Je viens me nicher dans son cou, il me prend dans ses bras. Ainsi blottie contre lui, je comprends que les quelques jours qui viennent de s'écouler marquent un tournant dans ma vie. Je ne pensais pas vivre une telle expérience en posant les pieds dans le Montana. Force est de constater que rien ne m'avait préparé à tomber amoureuse de lui.

— C'est toi que je veux, réponds-je en retour.

C'est lui. Lui et rien que lui.

CHAPITRE 13

Mon lit est vide lorsque je me réveille le lendemain matin. Je m'étire et me redresse. Il me faut quelques instants pour m'assurer que je n'ai pas rêvé les événements de la veille. Cameron était bien dans ma chambre. Son odeur flotte encore dans l'air. Mes joues rougissent au souvenir des révélations qui se sont faites hier.

La porte de la chambre s'ouvre et je ne suis pas surprise de voir entrer Cameron. Vêtu d'un jean brut, d'un tee-shirt noir et son éternel chapeau vissé sur la tête, il est à tomber par terre. Sa barbe a été raccourcie, lui rongeant légèrement les joues, sa moustache, elle, est intacte. Il s'approche du lit avec un sourire et dépose un baiser sur ma joue.

— Bien dormi ?
— Comme un bébé. Et toi ? Prêt pour ce soir ?
— Oui. Et toi, prête à t'envoyer en l'air ?
— Toujours, si c'est avec toi.

*

Jamais je n'aurais cru faire du saut à l'élastique au beau milieu d'une fête foraine. Et jamais je ne l'aurais fait si, au milieu de la nuit, Cameron ne m'avait pas défié.

Nous avons continué à parler une bonne partie de la nuit et, une chose en entraînant une autre, il a parié que je n'oserais pas sauter à l'élastique. Mon esprit de compétition étant plus bruyant que ma raison, je ne pouvais pas laisser passer une occasion pareille. Seulement maintenant, je regrette.

— Tu peux encore reculer tu sais, me nargue-t-il.

Jamie, qui nous a rejoint sur les lieux, ne se cache pas pour rire.

— C'est hors de question ! Admire un peu, Darling.

J'insiste sur son nom de famille en le gratifiant d'un clin d'œil.

Je fais signe au gérant de l'attraction et, sans attendre, il m'envoie dans les airs.

Au contraire du saut à l'élastique ordinaire, je ne me jette pas dans le vide, je suis propulsée dans les airs avant d'atterrir sur un tapis, comme un trampoline géant. Et dangereux. Et irresponsable. Mon cœur – et tous mes organes vitaux – se soulève. Je n'ai pas le temps de m'en rendre compte que je suis à plusieurs mètres de haut. Pendant une fraction de seconde, j'ai juste le temps d'apercevoir le visage blême de Cameron, en bas. Je me rends alors compte que je suis plus haut que je pensais et manque de m'évanouir.

Dès que mes pieds touchent le sol, j'essaie de retrouver mes esprits. Je ferme les yeux pendant que l'on me détache de cette attraction infernale.

— Ça va ma p'tite ? me demande l'employé de son accent prononcé.

Je n'ai pas la force de parler, je me contente de hocher la tête pour signifier que tout va bien. Je n'en mène pas large cependant. À la seconde où je suis libérée de mon harnais de protection, je fais un pas pour m'éloigner de la pire erreur de ma vie. C'était compter sans ma désorientation. Je m'étale face la première au pied de l'attraction. Deux choix s'offrent alors à moi. Soit je me relève et fais comme si de rien n'était, restant la femme digne et indépendante que je suis. Soit je simule ma mort. Après une dernière pensée chaleureuse pour mes parents, ma sœur et Gwen, j'opte pour la deuxième option. Je n'envisage pas une seule seconde de faire face à Cameron après une telle chute. Il y a des limites à ce que le ridicule peut supporter. Et m'effondrer tête la première ne fait pas partie des situations ridicules desquelles je me relève sans incidence. Surtout si ladite chute a lieu devant le cowboy que je convoite. Qui s'est livré à moi hier soir et qui m'a avoué qu'il me voulait autant que je le veux.

— Lucie !

Cependant, l'inquiétude dans sa voix me tord le cœur et, à défaut de me relever, je me tourne sur le dos. Le visage angélique de Cameron se dessine devant moi. Sur ses traits, je devine le souci qu'il se fait pour moi.

— Tout va bien ?

La rugosité de son ton me percute.

Je hoche la tête, le temps de rassembler mes esprits.

— Je suis mortifiée, mais ça va.

Il m'aide à me relever et j'époussette mon jean.

— Bravo championne, on peut dire que j'ai été impressionné, s'esclaffe Jamie.

Cameron prend mon visage en coupe et dépose un baiser sur mon front avant de passer un bras autour de mes épaules.

— Allons faire une activité qui ne risque pas de te tuer.

— Ouais, comme la pêche aux canards, raille Jamie.

— Tu n'as pas une fille à faire tomber sous ton charme rural plutôt que de traîner dans nos pattes ? demandé-je en soupirant

Jamie jette un coup d'œil alentour puis grimace.

— Nan, je les préfère légèrement plus barbu, m'apprend-il avec un clin d'œil.

— Donc je suppose qu'on va avoir le plaisir de ta présence ?

— Ma belle, soupire-t-il d'un air dramatique, tu m'as volé l'étalon que je convoitais dans le troupeau, me supporter est la moindre des choses.

Pendant que j'éclate de rire, Cameron lève les yeux au ciel.

— Mec, tu n'as aucun des atouts qui me charment.

— Tu ne sais pas ce que tu rates, renchérit Jamie avec un clin d'œil.

— Je te rappelle qu'on se connaît depuis le lycée.

— Aïe, pas sûr que ça joue en ma faveur…

Le regard complice qu'ils s'échangent me réchauffe le cœur et je ris avec eux. Tout au long de la matinée, je découvre une nouvelle facette de Cameron. C'est le Cameron taquin et rieur qui passe ces instants avec moi. Il semble plus extraverti lorsqu'il est à l'aise. Après le saut à l'élastique, nous avons fait du tir à la carabine – un nouvel échec pour moi – et une pause pour manger de la barbe à papa – seule chose à laquelle j'ai excellé.

— Tu lui fais beaucoup de bien, tu sais ?

Je regarde Jamie, perplexe. Il désigne Cameron du menton, alors que celui-ci est un peu plus loin, à réserver notre tour sur le taureau mécanique.

— Ah bon ?

— Oui, je ne l'ai jamais vu aussi bavard.

Je m'étonne. Je ne trouvais pas qu'il était particulièrement bavard avec moi.

— Tu plaisantes ! Cameron ne parle jamais. Il observe beaucoup et ne parle que si on l'y force, me répond Jamie quand je lui fais part de ma pensée. Tu sais, reprend-il d'un ton plus sérieux, j'avais peur lorsqu'il m'a dit que tu allais venir. Je pensais que tu serais comme toutes ces filles qui se rapprochent de lui pour son statut de cowboy.

— Ce n'est pas mon genre.

— Ne t'en fais pas, enchaîne-t-il en me bousculant légèrement d'un coup d'épaule, je m'en suis rendu compte quand tu es venue au ranch. Je suis content que vous vous soyez trouvé. Cependant, poursuit-il en se plaçant devant moi, ne t'avise pas de le faire souffrir.

Son ton faussement sérieux me fait rire.

— Promis, je ne le ferai pas.

Son visage se fend d'un sourire et il se replace à côté de moi. Cameron revient vers nous, son regard s'ancre dans le mien.

— Prête ? me demande-t-il lorsqu'il arrive à ma hauteur.

— Pour te ridiculiser ? Toujours !

Il émet un petit rire.

— N'oublie pas que tu t'adresses à un cowboy rôdé par les ans.

Je fais claquer ma langue contre mon palais et lui arrache mon ticket de passage des mains.

— Ne t'en fais pas, je vais te battre à plate couture !

Nous nous défions un instant du regard.

— J'ai hâte de voir ça.

Je lui prends la main et l'entraîne vers le taureau mécanique, un Jamie hilare sur nos talons. Cameron m'attrape par la taille et me tourne dans sa direction.

— Serre les cuisses, tiens fermement la corde, accompagne le mouvement du taureau de tes hanches.

Je hoche la tête, intégrant ses conseils.

— Épate-moi, chuchote-t-il à mon oreille avant de déposer un léger baiser dans le creux de mon cou.

C'est si léger que je me demande presque si je n'ai pas rêvé. Encore chamboulée par le contact de ses lèvres sur ma peau, je m'approche de la bête de fer. Je grimpe avec autant d'aisance que possible et serre les cuisses. J'attrape fermement la corde et lève un bras en l'air après m'être assurée que mon chapeau était bien en place. Je ferme les yeux quelques secondes, inspirant profondément. Lorsque j'ouvre les paupières, je tombe directement dans les iris de Cameron. Il est droit dans ses bottes, les bras croisés sur la poitrine, son chapeau lui mangeant la moitié du visage. Pourtant, l'intensité de son regard est perceptible et elle me donne le courage nécessaire pour faire signe de lancer l'attraction. Je ne prête pas attention aux touristes qui s'arrêtent pour me regarder. Je ne vois que Cameron.

L'appareil se met doucement en route. Je m'habitue rapidement aux mouvements, oubliant ma gêne et déroulant mes hanches. Je me prends rapidement au jeu. L'homme derrière les manettes doit deviner que je suis à l'aise puisque l'intensité s'accélère. J'essaie de me maintenir comme je le peux, mais ma concentration se disloque au fur et à mesure. Je finis par être envoyée dans les airs, riant aux éclats. Il me faut quelques secondes pour me remettre de mon hilarité.

Cameron m'accueille à la sortie de l'attraction.

— Alors, épaté ? lui demandé-je.

— Toujours, répond-il avec un sourire en coin.

Il lève la main pour remettre mon chapeau en place et entrelace ensuite nos doigts. Jamie a disparu entre-temps, parti rejoindre son coéquipier pour une dernière réunion stratégique avant son passage, le lendemain.

— Allons-y, je dois préparer Bronx avant ma démonstration.

— Tu ne devais pas en faire aussi ? demandé-je en désignant le taureau mécanique d'un geste vague.

— Je n'ose pas passer après tant de talent.

Je lève les yeux au ciel, comprenant qu'il se défile.

— Tu es stressé pour la démonstration ?

Nous quittons tranquillement la fête foraine.

— Pas vraiment, dit-il en haussant les épaules. Je l'aurais été si ma mère se trouvait dans les tribunes. Mais je sais qu'elle ne sera pas là, alors non. Et puis, j'ai la meilleure des supportrices à mes côtés.

Je me blottie contre lui, sa main se détache de la mienne pour que son bras vienne entourer mes épaules.

— Je suis contente d'être ici.

— Ah oui ?

— Oui, j'avais un peu peur de venir, je ne savais pas dans quoi je me lançais.

— Et j'ai réussi à te rassurer ?

— C'est surtout la présence de Kaz qui me rassure.

Ma remarque le fait rire. C'est un son dont je vais avoir du mal à me passer.

— Je comprends, il est si affectueux…

Nous nous détachons l'un de l'autre quand nous arrivons dans le sillage des écuries. Je laisse Cameron entrer dans le box de Bronx et le regarde préparer sa monture. Il y a de la beauté dans chacun de ses gestes, de l'affection. Bronx n'est pas seulement un outil de travail, c'est un compagnon de vie dont il prend soin.

— Cameron Darling !

La voix tonitruante qui résonne dans l'écurie me fait sursauter. Je me retourne pour découvrir un homme replet au visage rougi et marqué par les ans. Il a un sourire fier collé sur le visage et s'avance vers nous les bras écartés, comme s'il souhaitait prendre Cameron dans ses bras. Ce dernier relève la tête alors qu'il était en train de curer les pieds de Bronx et fronce les sourcils. Sa réaction ne renvoie pas la bonhomie du nouveau venu.

— Walter, se contente-t-il de le saluer d'une voix basse.

Il accompagne son salut d'un geste de la tête et délaisse Bronx un instant. Le cheval renâcle, témoignant son mécontentement.

— Quel plaisir de te revoir sur les pistes, mon garçon !

Walter claque son énorme paluche dans la main de Cameron, qui fait bonne figure et lui serre en retour.

— J'étais à Dallas le mois dernier, lui apprend ce dernier.

— Arf, répond Walter en grimaçant, ici tu es à la maison.

Cameron se raidit à ces mots.

— Tes parents sont dans le coin, je les ai croisés tout à l'heure.

Cameron jure pendant que je me crispe, comprenant soudain que la venue de Walter n'est pas fortuite. Sous ses airs enjôleurs se cache en réalité un trouble-fête.

— C'est tout ce que tu avais à me dire ? questionne Cameron en serrant la mâchoire.

Walter éclate d'un rire gras, lui tape l'épaule et, sans le lâcher :

— Tu as toujours été susceptible. Je venais juste te souhaiter bon courage.

— Ce n'est qu'une démonstration de *barrel race*, rien que je ne sache pas faire.

Si le ton se veut détendu, je sais qu'il n'en est rien. La présence de ses parents, de sa mère, va changer la donne. Le quinquagénaire tapote une nouvelle fois l'épaule de Cameron avant de commencer à s'éloigner à reculons.

— Nous savons tous les deux ce qu'implique cette semaine, n'est-ce pas ?

Une lueur malicieuse fait scintiller son regard. Il le pose sur moi pour la première fois depuis le début de l'échange, m'offre un salut rapide et s'éloigne en sifflotant.

— Qui était-ce ?

— Walter Graham, un ami de mes parents. J'ai aussi fait l'erreur d'investir dans sa société quand j'étais plus jeune et j'aimerais racheter mes parts pour ne plus être associé à sa personne, grommelle Cameron.

— Quel genre de société il dirige, pour que tu veuilles le quitter ?

— Il coache de nouvelles recrues, mais je ne suis plus du tout en accord avec sa façon de faire. Il n'était pas comme ça avant, mais son succès – le mien – lui est monté à la tête. Ce n'est plus de bons cowboys qu'il veut, ce sont des machines à fric.

— Dans ce cas, quel rapport avec ce week-end ? Tu ne peux pas juste… partir ?

Je ne comprends pas tous les tenants et les aboutissants de leur accord. Je ne me suis jamais associée avec personne sur le plan financier. J'ai toujours géré mes contrats seule ou avec l'aide de membres de ma famille qui avaient les compétences requises dans les domaines qui me posaient le plus de soucis.

Cameron soupire et se laisse tomber contre la porte du box de Bronx. Son regard plonge dans le mien alors que je me rapproche de lui, posant une main amicale sur son avant-bras.

— Ça fait plusieurs mois que je suis en pourparler avec lui. J'ai même ravalé ma fierté pour contacter mes parents et leur demander de plaider en ma faveur. Mais il faut croire qu'être leur fils ne suffit pas. J'ai trente-deux ans, pour eux je suis capable de me débrouiller seul.

Il laisse échapper un rire amer.

— Si je remporte le tournois, j'aurais assez d'argent pour racheter mes parts dans son entreprise et je pourrais enfin associer mon image à ce qui me ressemble vraiment.

— Est-ce que… est-ce que c'est à cause de ça que tu es aussi discret ?

Il se contente de hocher la tête. Je comprends alors tout le poids qui pesait jusqu'à présent sur ses épaules. Ce n'est pas seulement sa notoriété en tant que vedette du rodéo qui lui pèse, c'est également le fait d'être associé à un homme qui ne partage pas les mêmes convictions que lui.

Derrière nous, Bronx tape du pied et hennit, se rappelant à notre bon souvenir. Cameron se remet alors en route, finissant de préparer sa monture pour le spectacle qui n'attend plus que lui pour commencer.

*

Je pensais avoir eu une bonne idée en achetant, à la seconde où j'ai posé mes yeux dessus, un tee-shirt à l'effigie de Cameron. J'ai pris le plus kitsch possible : trois photos de lui, en gros plan, des chevaux sauvages en arrière-plan, son nom en lettres dorées sur fond de drapeau américain, un aigle survolant le tout. Dès que je suis entrée dans l'arène pour prendre place, j'ai vu le stand et je n'ai pas pu résister à cet achat. Après tout, je suis censée être sa supportrice numéro un, autant tout donner. Cependant, j'avais oublié qu'il était connu comme le loup blanc. Je ne suis donc pas la seule à arborer cette merveille de l'art textile. Je suis, en revanche, la seule à le porter de manière humoristique. Si je l'arbore fièrement, c'est principalement pour soutenir Cameron et respecter le rôle qui m'incombe par défaut. Les femmes qui portent un tee-shirt de ce style dans les environs semblent, quant à elles, désireuses de repartir avec le cowboy en question.

— Eh bien, tu n'as pas fait les choses à moitié !

Le ton rieur de Jamie me fait revenir sur terre et j'arrête de scruter les gradins.

— Il faut bien que je montre que je soutiens mon cowboy préféré !

— J'espère que tu en porteras un pareil pour moi !

— Ça peut se faire.

Jamie se laisse tomber à mes côtés et se décale pour me présenter la personne qui l'accompagne.

— Lucie, voici ma sœur, Sarah.

— La fameuse, je dis en souriant.

Je lui tends la main, elle la serre fermement.

— J'ai beaucoup entendu parler de toi ! Apparemment, tu dérides notre Cam.

— Il faut croire, je réponds en rougissant.

— Il est intarissable quand Lucie est dans le coin ! s'exclame Jamie.

— Tu en fais des caisses, je proteste en levant les yeux au ciel.

Il fait claquer sa langue contre son palais.

— Ne sortent de ces douces lèvres que des vérités.

Sarah se penche en avant pour que nos regards se croisent. Elle lève les yeux au ciel et nous éclatons de rire, nous liguant gentiment contre Jamie. C'est fou, je ne les connais que depuis peu et ils ont réussi à me mettre rapidement à l'aise.

La musique se fait moins forte, la country laisse place à la voix du présentateur qui nous annonce que Cameron Darling va ouvrir le bal en faisant une démonstration de *barrel race* avant de laisser sa place aux concurrents. Il remettra ensuite les prix pour cette épreuve.

La foule acclame cette annonce et, rapidement, Cameron fait son entrée au bord de la piste. Bronx trépigne d'impatience tandis que son cavalier le retient encore un peu. Le visage de Cameron est fermé, concentré. Il lève la main pour enfoncer un peu plus son chapeau sur son crâne. Il est entièrement vêtu de noir, que ce soit la chemise typique qu'il a revêtu ou son jean. Je déglutis avec peine. Comment peut-il être si beau sans fournir le moindre effort ?

Une cloche retentit. Bronx décolle du sol, Cameron s'allonge presque sur lui, faisant corps avec son cheval. Bronx effleure les trois tonneaux. Il en est si près qu'il laisse penser qu'il va les faire tomber. Mais ils restent en place et le chronomètre défile. C'est à peine si je peux voir ses sabots se poser sur le sol. Cameron revient au point de départ, le chronomètre s'arrête. Seules quelques secondes viennent de s'écouler et pourtant, j'ai cru que le temps s'était ralenti. Il n'y a aucun doute : il est fait pour ça. La présence de ses parents dans les gradins ne semble pas avoir affecté sa démonstration. Il n'en montre rien paraître alors que son regard sonde le public.

Il y a un moment de flottement entre la fin de la course et le début des acclamations. L'esprit de la foule est encore à la course, nous n'avons pas eu le temps d'assimiler toutes les informations. Les hourras retentissent, les pieds frappent les gradins, les mains s'entrechoquent. Tous les éléments sont réunis pour célébrer comme il se doit le héros du jour.

Je ne réfléchis pas lorsque je me lève, bousculant sans le vouloir les spectateurs qui attendent le début des épreuves. Je montre mon badge VIP au personnel de sécurité et entre dans les coulisses. Je retrouve Cameron qui flatte l'encolure de Bronx. Il se tourne vers moi lorsqu'il m'entend arriver. Je devine la surprise dans son regard, puis l'amusement lorsque ses yeux se posent sur mon tee-shirt. Je ne lui laisse le temps de rien dire avant de le prendre dans mes bras. Il lâche les rênes de Bronx pour me serrer contre lui.

— Tu as été formidable, je souffle.

— Merci, murmure-t-il contre ma peau.

Nous restons dans les bras l'un de l'autre pour ce qui me paraît être un temps infini. Je n'ai pas envie de quitter son étreinte, il ne semble pas avoir envie de quitter la mienne. Alors que la compétition continue et que le bruissement des applaudissements nous parvient, nous savourons la présence de l'autre. Parce que c'est tout ce qui compte.

CHAPITRE 14

— Dis-moi qu'après ça vous vous êtes roulé la pelle du siècle !

J'explose de rire.

— Non, après ça nous avons rejoint Jamie et sommes allés faire un tour sur le rodéo pour regarder d'autres épreuves.

— Mon Dieu, soupire Gwen, ta vie est à la fois extraordinaire et chiante à mourir. Il n'y a vraiment que toi pour ne pas profiter de l'instant et ne pas l'embrasser !

Je lève les yeux au ciel pendant que Gwen s'enfonce dans les coussins de son lit. Son téléphone bouge un peu dans la manœuvre.

— Et tu penses qu'il est sérieux ? Ou que c'est un numéro de cowboy pour faire tomber ta garde et te faire tomber dans ses bras ?

Le ton de ma meilleure amie se fait soudain plus sérieux. Je sens son inquiétude à travers l'écran et je ne peux que la rejoindre. Tout semble beaucoup trop beau pour être vrai. En un peu plus de deux semaines, je me suis fait une place dans le Montana et Cameron s'est logé dans un coin de mon cœur. Malgré toutes les romances que je peux lire, je n'ai jamais cru au coup de foudre. Je n'ai jamais été attirée à ce point par quelqu'un, n'ai jamais eu envie de passer autant de temps avec la même personne. Je suis du genre solitaire, à me lasser rapidement. Mais avec lui, c'est comme si je n'avais jamais assez de sa présence.

— Je ne sais pas, réponds-je en soupirant. Pour être honnête, je me laisse porter par le courant. Tout est si différent ici ! Ajouté-je en levant les bras au ciel. On dirait… on dirait que je suis à ma place. C'est bizarre, dis-je en grimaçant, je n'ai jamais eu l'impression de ne pas être à ma place en France. J'aime mes parents, ma sœur, ma vie à Arras, toi… pourtant…

— Pourtant tu te sens bien là-bas, complète Gwen en souriant.

— Ouais… tu trouves ça bizarre ?

— Un peu, m'avoue-t-elle en haussant les épaules. Mais Lucie, tu es la mieux placée pour savoir ce qui te convient. Donc si c'est un cowboy peu bavard, c'est à toi de voir.

Elle m'offre un sourire complice et je me sens rougir. C'est bête, mais la simple évocation de Cameron me met dans tous mes états.

— Quel est votre programme du jour ?

— Je suis censée être habillée depuis une dizaine de minutes, il ne devrait pas tarder à venir me chercher avant qu'on aille voir Olivia.

— Qui est cette Olivia ?

— Une de ses élèves, réponds-je en levant les yeux au ciel.

— Tu ne sembles pas la porter dans ton cœur, se moque Gwen.

— Disons qu'elle fait tout pour attirer l'attention de Cameron.

— Et ça marche ?

— Pas vraiment

— Tant mieux pour toi, non ?

— Ouais, je suppose.

— Mais…

— Mais et si ça finissait par marcher ? Après tout, il la connaît depuis plus longtemps que moi…

— Meuf, il prépare ta venue depuis six mois. Je pense que si quelque chose devait se passer entre eux, ça serait déjà fait.

— Tu as sans doute raison, finis-je par concéder.

Nous discutons encore un peu, avant que Gwen ne se mette à bâiller et que je ne constate que je suis déjà bien en retard. Nous raccrochons, je mets mon téléphone en charge pour récupérer un peu de batterie, puis je file dans la salle de bains. Si Cameron vient dormir avec moi depuis que nous sommes arrivés, il garde sa chambre en journée pour avoir sa propre salle de bains et un lieu de repli avec son coach, Rodney.

Je prends une douche rapide, brosse mes cheveux avant de les attacher en queue de cheval et retourne dans la chambre. J'ouvre mon placard en vitesse et en sors un jean ainsi qu'un tee-shirt blanc. J'enfile le pantalon en titubant, si bien que je finis par arriver au milieu de la chambre. Je soupire lorsque mes fesses passent dans le vêtement. Une fois qu'il est boutonné, je lève le regard pour enfiler mon tee-shirt et je tombe nez à nez avec Cameron, figé au milieu de la pièce.

— Je... Pardon, je...

Il se cache les yeux, se retourne, avance tant bien que mal vers la porte avant de revenir sur ses pas, une main toujours scotchée sur ses yeux.

— Je suis vraiment désolé, je ne voulais pas...

— Cameron, l'interromps-je, tu t'adresses à la lampe.

Il écarte un peu ses doigts et constate, qu'en effet, il était en train de parler à la lampe qui trône dans un coin de la pièce. Il fait un demi-tour pour me faire face, ses yeux toujours dissimulés.

— Je pensais que tu étais prête... j'ai toqué à la porte, mais tu ne répondais pas alors je suis entré... J'avais peur que...

— Ce n'est rien, je le coupe. Et tu peux ouvrir les yeux tu sais !

Loin d'être pudique, ce n'est pas un souci qu'il me voie en sous-vêtements. Je suis bien plus couverte que lors de mes dernières vacances dans le sud de la France.

Lentement, il baisse la main et ouvre les yeux. Son regard me parcourt rapidement et il déglutit avant de lever les yeux, fixant le plafond.

— Le tour d'Olivia est dans une demi-heure, il faudrait qu'on parte bientôt… je dois la voir avant son passage.

— Bien chef ! Laisse-moi juste enfiler un tee-shirt. À moins que tu veuilles que je sorte comme ça ?

— Non ! s'exclame-t-il en posant ses iris sur moi.

Je ris en le voyant plaquer une main sur ses yeux une nouvelle fois. J'enfile rapidement mon vêtement et mes bottes.

— Je suis prête !

— N'oublie pas ton chapeau, soupire-t-il en voyant que je m'apprête à quitter la chambre sans.

— Bien vu !

Je lui offre un clin d'œil alors que nos doigts s'effleurent lorsque je récupère mon couvre-chef. Je défais ma queue de cheval, qui finalement ne sera pas pratique avec mon Stetson, puis quitte la chambre. Cameron ferme derrière moi et me rejoins en quelques enjambées. Son bras effleure le mien à chacun de ses pas et je sais qu'il adopte une allure qui correspond à la mienne pour se maintenir à mon niveau.

Dans l'ascenseur, nous sommes obligés de nous coller l'un à l'autre. Un autre couple se tient dans le petit espace et nous sommes vite rejoints par deux autres cowboys. Alors que je regarde les gens qui nous entourent, je sens les doigts de Cameron chercher les miens, les effleurant lentement. Ils remontent le long de ma main, s'insinuent jusqu'à mon avant bras, avant de revenir sur ma main. Mon cœur se met à battre un peu plus vite. Je tourne la tête pour dissimuler mon sourire et lie mes doigts aux siens. Il les serre un peu plus fort et me rapproche doucement de lui. Je me laisse faire, reposant contre son bras. Je me délecte de son pouce qui dessine des cercles sur ma paume. Je pourrais rester dans cet ascenseur pendant des heures.

Je reviens à la réalité lorsque nous nous arrêtons au rez-de-chaussée et qu'il se détache de moi pour quitter l'espace confiné. Ses doigts sont toujours entrelacés aux miens et sa poigne se raffermit lorsque nous débouchons dans l'effervescence du rodéo. Les épreuves commencent officiellement aujourd'hui pour les compétiteurs de haut niveau. Cela se ressent tout de suite ; il y a bien plus de spectateurs que la veille.

— Ne me quitte pas d'une semelle, me conseille Cameron.

— Je ne comptais pas le faire !

Nous marchons rapidement, nous faufilant à travers la foule. La stature imposante de mon compagnon aide beaucoup ; les gens s'écartent devant lui. Ceux qui le reconnaissent tentent parfois de l'arrêter pour lui demander une photo et, même s'il est réticent, Cameron se prête au jeu pendant quelques minutes avant de devoir décliner les nouvelles demandes. Il doit se dépêcher de rejoindre son élève. Loin de s'en formaliser, ses admirateurs et les cowboys en herbe lui souhaitent bonne chance et lui offrent une tape amicale sur l'épaule.

Enfin, nous arrivons dans les coulisses de la compétition de *barrel race*. Il y a un monde fou et je me raccroche à la poigne de Cameron. Celui-ci me guide à travers la foule et nous arrivons jusqu'au box d'Olivia. Cette dernière s'affaire dans ses dernières vérifications.

— C'est pas vrai, rien ne va !

Elle peste dans sa barbe, son cheval piaffe et renâcle. Cameron s'éclaircit la gorge et Olivia relève la tête vers lui. Aussitôt ses traits se détendent.

— Ah, te voilà enfin !

Elle me regarde à peine, concentrée sur le beau cowboy à mes côtés.

— Je n'arrive à rien. La sangle est bloquée et la selle ne fait que bouger ! Je pense qu'on m'a sabotée parce que je suis la meilleure du circuit.

Cameron soupire avant d'entrer dans le box. En deux mouvements, il parvient à régler la sangle. Ensuite, il vérifie les rênes et les protections de la monture. Il revient ensuite vers Olivia.

— Tout est en ordre.

— Tu es sûr ? Tu sais comme moi que l'on n'est pas à l'abri de s'attirer les foudres de ces pestes du Texas et...

Pour l'interrompre, Cameron pose ses mains sur ses épaules et la regarde droit dans les yeux. Olivia se calme – cette technique fonctionnerait sur n'importe qui.

— Tu n'as rien à craindre des concurrentes du Texas. Tu connais tes capacités. L'important est de ne pas pousser ton cheval dans ses retranchements. On vise les qualifications pour le moment, la première place viendra plus tard. D'accord ?

— D'accord, souffle la belle blonde.

— Ton dossard est en place ?

— Il l'est.

Olivia se tourne à demi pour que Cameron puisse le constater. Il hoche la tête, remet correctement son chapeau et sort du box. Une voix grésille dans les hauts-parleurs, annonçant le prochain passage. Olivia attrape les rênes de son cheval et se met en place. Après la concurrente qui passe, ce sera son tour.

— Je serai du côté des gradins, on fera le débriefing ce soir, d'accord ?

L'air grave, concentré, Olivia hoche la tête. Elle est déjà en train d'analyser le parcours, de faire la trajectoire dans son esprit. Elle semble avoir pris confiance en elle depuis la dernière fois, d'avoir pris en compte les conseils de Cameron.

Ce dernier reprend ma main dans la sienne, comme s'il était incapable de la lâcher, de me tenir loin de lui, et nous nous dirigeons du côté des gradins. Nous nous appuyons contre la barrière et profitons de la performance d'Olivia.

*

— Alors, elle s'est bien débrouillée ? questionne Jamie.
— Plutôt ouais.

Cameron rit en enlevant son chapeau et essuie son front de son avant-bras. Il plaque ses cheveux en arrière et remet son Stetson en place. Je ne le quitte pas un instant des yeux. Jamie éclate de rire.

— Putain, il était temps ! On dirait qu'elle a enfin écouté son coach.
— On dirait bien, ouais.
— Et toi alors ? Le premier tour ?
— Plutôt pas mal, on devrait réussir le second haut-la-main et aller en finale sans problème.

Le ton détaché avec lequel il annonce cela me fait sourire. Il semble ne rien prendre au sérieux, pourtant je sais que c'est le contraire. Alors que nous quittions l'aire du *barrel race* après la course d'Olivia, Cameron m'a confié que son meilleur ami s'entraînait depuis des mois pour réussir à obtenir le niveau recommandé pour ce rodéo. C'est la première fois que son équipe parvient à se qualifier et, malgré son apparente décontraction, Jamie sait que toutes ses chances de se faire une place parmi les cowboys aguerris reposent sur sa performance de l'après-midi.

— On sera là pour vous encourager.

— Je ne pourrais que monter à la perfection si je sais que mon cowboy préféré se trouve dans les tribunes.

Il offre un clin d'œil appuyé à Cameron qui rougit, ce qui fait éclater de rire Jamie.

— Arrête de le draguer, j'interviens, tu vois bien que ça le gêne.

— Des années à essayer de le faire changer de camp, et voilà qu'il faut que tu débarques, se plaint-il en secouant la tête.

— Je suis désolée… je peux repartir si tu veux, je te laisse le champ libre…

— Je ne suis pas sûr que ça lui plairait, plaisante Jamie en indiquant Cameron d'un signe du menton.

Celui-ci se met à grommeler dans sa moustache, déclenchant un nouveau rire entre Jamie et moi.

— Sur ces bonnes paroles, il faut que j'aille retrouver Mike.

Jamie s'éclipse pour aller retrouver son compagnon de rodéo.

— C'est vraiment un chouette type, dis-je en le regardant partir.

— C'est vrai.

— Comment vous vous êtes rencontrés ? questionné-je Cameron en me tournant vers lui.

Le temps passant, il semble plus à l'aise en ma présence et s'ouvre davantage. Avec cette question sur son meilleur ami, qu'il tient en haute estime, j'espère qu'il se livrera encore un peu plus.

— C'était au lycée, on avait quinze ans je dirais, il semble réfléchir en se grattant le menton avant de poursuivre. On était dans le réfectoire et des gars s'amusaient à lancer une paire de chaussures en l'air. Ils venaient de débouler dans la cafétéria et devaient venir des vestiaires. Jamie les suivait en courant, leur demandant de lui rendre ses affaires. En plus des chaussures, ils s'amusaient à le bousculer et personne ne réagissait, regardant faire. J'en ai eu marre, je me suis levé et j'ai récupéré ses affaires. Jamie venait de revenir dans le coin. Ses parents ont divorcés quand il était petit et il ne venait que pendant les vacances d'été dans le ranch de son père. Il a fini par s'y installer définitivement quand il a voulu faire carrière dans le rodéo.

— Alors tu es son sauveur avant d'être son ami, je réponds d'un air songeur.

— Si on veut, répond Cameron en haussant les épaules. Mais crois bien que si j'avais su ce qui m'attendait, je ne lui serai pas venu en aide ce jour-là.

Ses yeux pétillent de malice et je comprends qu'il plaisante.

— Bref, ça fait plus de quinze ans que je me le coltine. Pour le meilleur et pour le pire.

Là-dessus, il boit une rasade de sa bière et nous finissons de manger en observant la foule. Je me laisse reposer contre son bras alors que j'ai terminé mon assiette et pose ma tête sur son épaule. Le soleil vient caresser ma peau et je profite de sa chaleur agréable. Cameron remet mon chapeau en place alors qu'il glisse un peu et passe son bras autour de ma taille, me ramenant fermement contre lui. Le bruit alentour me berce et je pourrai m'endormir dans l'instant. Malheureusement toutes les bonnes choses ont une fin. Cameron dépose un baiser sur ma joue et murmure à mon oreille :

— Nous devons aller voir Jamie.

Je grommelle, mais finis par me redresser et me lever.

— Alors alors-y !

Il y a déjà foule lorsque nous parvenons à la carrière où doit se tenir l'épreuve de Jamie. Pourtant, grâce au pass VIP que nous avons, nous parvenons à dégotter des sièges assez bien placés dans l'espace réservé. Cameron m'explique rapidement les règles alors que la première équipe se met en place. Je suis époustouflée de la vitesse à laquelle se déroule l'épreuve, bien que je ne comprenne pas l'intérêt de malmener des vaches pour une compétition. Cameron a beau m'assurer que les cowboys ne leur font pas mal, je peine à le croire. Sur ce point, nous ne serons jamais d'accord.

Le tour de Jamie arrive rapidement. Son coéquipier et lui se mettent en place, retenant difficilement leurs montures. Les deux chevaux sont impatients de se mettre au travail. Les vaches sont lâchées dans l'enclos et, aussitôt, les cowboys se mettent en action. Je les entends crier et siffler dans un tumulte qui semble désorganisé. Pourtant, ils se comprennent et bien vite, ils parviennent à ramener les bêtes dans l'enclos. C'était compter sans une vache récalcitrante qui parvient à se faufiler en-dehors du troupeau. La foule retient un hoquet de surprise et je me penche un peu sur mon siège, me demandant comment ils vont réussir à la ramener dans le troupeau. Cette action leur coûtera-t-elle des points ?

Jamie, sans perdre un instant, fait pivoter son cheval, détache son lasso de sa selle et, en moins de temps qu'il n'en faut pour le dire, parvient à passer la corde autour du cou de l'animal. D'un coup sec, il resserre le lien. La bête s'effondre et Jamie se laisse glisser de selle. En quelques gestes précis, il ligote les membres de l'animal et le maîtrise. Mike, de son côté, a refermé la porte de l'enclos. Toutes les bêtes sont maintenant neutralisées.

Il y a un moment de flottement avant que la foule ne se lève et acclame les deux cowboys. Si c'était imprévu, ils viennent d'offrir un beau spectacle.

— Alors ? chuchote Cameron contre mon oreille.
— Je dois bien avouer que c'était impressionnant…
— Mais ?
— Mais tu ne me feras pas changer d'avis sur la question.

Il rit et passe un bras autour de ma taille pour me rapprocher de lui. Nous reprenons place et applaudissons Jamie et Mike. Leur score défie toute concurrence et c'est sans surprise qu'ils raflent la première place. Demain il me faudra donc encourager Cameron et son meilleur ami sur deux épreuves différentes.

— J'espère que tu porteras encore le tee-shirt à mon effigie, plaisante mon beau cowboy.
— Ne t'en fais pas pour ça, j'en ai acheté toute une caisse !

Je lui tapote la cuisse, appréciant la fermeté de celle-ci sous ma main. Il se met à rire en baissant la tête, ne s'attendant pas à cette réplique.

— J'ai hâte de voir ça alors.

— J'en ai un pour toutes les occasions, j'ajoute en jouant des sourcils.

Ses joues rougissent et c'est à mon tour de rire. Je pense que je ne pourrais jamais me passer de le faire rougir.

CHAPITRE 15

Le corps chaud de Cameron est collé contre le mien. Son bras est posé sur mon ventre, me retenant contre lui, alors que son menton repose sur le sommet de mon crâne. Je bouge au rythme de sa respiration, profite de chaque seconde de ce moment de calme. Nos jambes sont entrelacées, c'est la première fois que nous sommes aussi proches au réveil. Si nous partageons notre chambre depuis le début de mon séjour dans le Montana, c'est la première fois que je me réveille en étant dans ses bras.

Depuis notre premier réveil, celui où je me suis retrouvée allongée sur lui, c'est comme si nos corps avaient pris leurs distances. Je me délecte de cet instant, tentant le diable en tournant la tête et en la nichant dans son cou, respirant son odeur. Le soleil perce à travers les fins rideaux, le rodéo commence doucement à s'agiter : les garçons d'écurie font sortir les chevaux pour leur délier les jambes avant le début de la journée, les premiers commerçants arrivent sur leurs stands. Mais mon attention entière est happée par la présence du cowboy à mes côtés. Je n'ai pas besoin de me détacher de lui pour deviner ses cheveux en bataille, noirs comme les plumes d'un corbeau. Je devine son nez droit, ses sourcils épais, ses longs cils.

J'imagine parfaitement ses lèvres charnues sous sa moustache aux extrémités légèrement recourbées.

La main de Cameron remonte légèrement sur mes côtes, jusqu'à arriver sous mon sein. Son étreinte se fait un peu plus ferme, comme s'il cherchait à ce que nos corps fusionnent, à ce qu'on ne fasse plus qu'un lui et moi. C'est involontaire, le sommeil semblant le rendre plus téméraire. Ces derniers jours, nous n'avons fait que nous chercher, nous effleurer. Nous ne parvenons pas à rester loin l'un de l'autre. C'est attractif. Peu importe où je me trouve, je le cherche et je sais qu'il fait de même. Il y a des évidences qui ne s'expliquent pas et, même si nous ne posons pas de mots sur ce que nous sommes, que nous continuons à nous apprivoiser, je sais déjà que ce qui me relie à lui est plus fort que tout ce que j'ai pu vivre jusqu'à présent.

— Bonjour.

C'est plus un grognement qu'une parole, comme si Cameron rechignait à se réveiller.

— Bonjour, je murmure.

Il est hors de question que je rompe la bulle qui nous entoure.

— Tu as bien dormi ?

— Très bien, et toi ?

Il hoche la tête avant d'embrasser le haut de mon crâne. Son corps se détache du mien, créant une sensation de vide, il roule sur le dos et fixe le plafond. J'en profite pour me nicher contre lui, enfouissant de nouveau mon nez dans son cou, frottant sa peau fine et chaude. Une de ses mains vient se déposer dans mon dos et il y dessine de petits cercles. Nous restons ainsi un moment, sans parler, profitant simplement l'un de l'autre.

— Tu es prêt pour aujourd'hui ?

— Yep, répond-il. Et toi ?

— Je ne sais pas si je suis prête à te voir risquer ta vie sur un cheval sauvage.

Il rit doucement.

— Tu n'as pas à t'inquiéter pour moi.

Je me redresse sur un coude pour le regarder droit dans les yeux. Un petit sourire se dessine sur ses lèvres alors que je le domine.

— Je m'inquièterai toujours.

Il tend la main pour replacer une mèche de cheveux derrière mon oreille.

— Si seulement tu n'avais pas mis six mois à te souvenir de moi…

Je ferme les yeux alors que sa paume se pose sur ma joue, appréciant la chaleur qui se dégage de son corps.

— Je suis là maintenant.

Et je le pense. Plus les jours passent, plus c'est une évidence : jamais je ne partirai d'ici.

Deux coups frappés à la porte nous font sortir de notre torpeur.

— C'est pas vrai, grogne Cameron en passant une main sur son visage.

Il écarte les couvertures et sort du lit. Je me rends compte seulement maintenant qu'il a dormi presque nu, uniquement vêtu de son boxer. Ce n'est pas pour me déplaire et je mentirai en disant que je ne profite pas de la vue qui s'offre à moi alors qu'il traverse la chambre pour aller ouvrir la porte.

— Quoi ?

— Tu étais censé me retrouver il y a une bonne heure !

Je me redresse dans le lit au son de la voix de son manager.

— Je suis d'abord allé dans ta chambre, puis je suis allé demander le numéro de chambre de la demoiselle, ajoute-t-il en me pointant du doigt. Maintenant, tu te bouges pour qu'on puisse rejoindre le paddock.

Il tourne les talons sur ces paroles et traverse le couloir en râlant. Cameron ferme la porte et appuie son front contre elle. Il soupire avant de se redresser et de se tourner vers moi.

— Il va falloir que j'y aille.

— Je sais, dis-je en souriant.

D'un pas rapide, il me rejoint sur le lit, replace une nouvelle fois une mèche de cheveux derrière mon oreille. Je frémis à son contact, pas certaine d'un jour m'habituer à la douceur de ses gestes. Il dépose un baiser sur ma joue avant d'aller dans la salle de bains. Il ne lui faut pas longtemps pour en sortir, vêtu des mêmes vêtements que la veille : un jean, un tee-shirt noir et son éternel Stetson vissé sur la tête.

— Rends-moi fier, cowboy ! lancé-je alors qu'il s'éloigne.

Il me répond d'un sourire en coin en abaissant légèrement son chapeau avant de sortir de la chambre, laissant flotter derrière lui son parfum et son absence.

*

C'est en voyant des adolescentes se prendre en photo devant le stand du taureau mécanique que je me rends compte que je n'ai pas utilisé mon téléphone depuis des jours, à part pour envoyer quelques messages à mes parents ainsi qu'à Gwen. Avant mon arrivée, j'y étais toujours scotchée. À croire que ma vie ne pouvait exister qu'à travers cet écran. Si son utilisation ne me manque pas, il faut pourtant que je me rende à l'évidence : je ne peux pas continuer à ignorer les obligations que j'ai. Plus j'attends avant de m'y mettre et plus je vais accumuler du retard.

Je prends tout de même le temps de commander un hot-dog avant d'aller m'installer dans un coin relativement calme, trouvant un banc sur lequel m'asseoir, avant de dégainer mon cellulaire. Il me reste suffisamment de temps avant la compétition de Jamie, puis celle de Cameron, pour pouvoir traiter quelques mails.

Sans surprise, les notifications se bousculent et s'accumulent. Je les ignore depuis plusieurs jours maintenant. Je croque dans mon sandwich avant d'ouvrir mes mails. Je réponds aux plus urgents avant d'ouvrir Instagram. Il me faut une bonne heure pour répondre aux commentaires et à quelques messages. Je suis surprise de constater que de nombreux abonnés s'inquiètent de mon absence sur le réseau. À force de vivre de façon digitale, j'en avais oublié que de vraies personnes se cachent derrière des pseudos. Au lieu de répondre à ces personnes individuellement – ce qui me prendrait un temps fou – je me relève, grimace à cause de mes jambes endolories, puis m'attelle à faire quelques photos pour alimenter ma story. Un selfie, la foule qui se presse dans les allées du rodéo, le taureau mécanique, la fin de mon hot-dog. Je ne laisse rien passer au travers.

Il ne faut pas plus de quelques secondes pour que ces différents clichés attisent les foules. Je range mon téléphone dans ma poche arrière, prenant la résolution d'être plus régulière, même en vacances, dans la gestion de mon compte. Ensuite, je me dirige d'un pas léger vers l'arène où doit se dérouler la finale de Jamie. Je lui ai promis, ainsi qu'à Cameron, que je serai là et il n'est pas question que je manque à ma parole.

Sarah est déjà présente lorsque je prends place dans les gradins. Elle m'offre un large sourire, même si je devine facilement sa nervosité. Sa jambe droite tressaute rapidement.

— Comment sont les autres ?

J'arrive alors que la finale a déjà commencée, c'est le passage de Jamie qui m'intéresse, pas celui de ses opposants.

— Plutôt pas mal, il faut bien l'avouer, grimace sa sœur.

— Je suis sûre qu'ils vont s'en sortir haut-la-main !

Sarah m'offre un petit sourire qui s'élargit malicieusement lorsqu'elle aperçoit mon tee-shirt. Comme promis, j'arbore fièrement un immonde tee-shirt à l'effigie de Cameron.

— Il va le détester.

— J'y compte bien !

— Et c'est une manière bien subtile de faire passer le message, ajoute-t-elle en riant.

Je jette un coup d'œil à mon vêtement : une photo de Cameron entourée d'un immense cœur rose à paillettes. Tout autour il est noté « *Save a bronco, ride Cameron Darling !* » C'est du plus mauvais goût, mais ça m'a fait rire en l'achetant. D'ailleurs je ne suis pas la seule, puisque Sarah admire de nouveau le vêtement en secouant la tête, retenant tant bien que mal un nouvel éclat de rire. Si aux premiers abords j'ai trouvé que Sarah était une jeune femme froide, elle se révèle en fait être très souriante et accueillante.

— Ne t'en fais pas, ça viendra, me confie-t-elle en me bousculant légèrement de l'épaule. Cam est dingue de toi, il faut juste qu'il rassemble son courage.

Elle n'est pas la première à me le dire, le principal concerné me l'a d'ailleurs fait savoir. Mais mon cerveau ne veut pas intégrer l'information, et que dire de mon corps en ébullition ! Le cowboy ne fait d'ailleurs aucun effort pour calmer mes ardeurs. Chacun de ses gestes semblent destinés à me déstabiliser.

Je n'ai pas le temps de m'appesantir davantage sur la situation : l'annonceur scande les noms de Jamie et Mike et les deux cowboys se mettent en place.

Tout va aussi vite que la veille. Si Cameron a pris le temps de m'expliquer les règles, je ne garde aucun souvenir de ce qui rapporte ou non des points aux équipes. Sarah est tellement concentrée dans la performance de son frère que je ne pense pas un seul instant à lui demander des explications. Je me contente donc de regarder le ballet qui s'offre à moi, tout en jetant un coup d'œil aux juges pour essayer d'évaluer leurs sentiments sur le passage des deux hommes. Ils ne laissent rien transparaître jusqu'à ce que les deux cowboys stoppent leurs chevaux dans l'arène, toutes les vaches dans l'enclos. Cette fois-ci, aucune ne se fait la belle.

— C'est gagné, souffle Sarah.

Je n'ai aucune idée de comment elle peut le savoir, mais le sourire satisfait qu'elle arbore me suffit pour comprendre qu'elle a raison. Entre nous, c'est elle qui s'y connaît le mieux.

— Je vous retrouve ce soir, lancé-je alors, il faut que j'aille voir Cameron !

Sarah accompagne mon départ d'un sourire et d'un signe de la main.

Dès que mes bottes touchent la terre, je me mets à courir en direction de la carrière où doit se dérouler l'épreuve de Cameron. Le rodéo est trop étendu pour que je me contente de marcher et il n'est pas envisageable que je loupe la prestation du brun qui fait battre mon cœur.

*

Installée en haut des gradins, je me ronge les sangs. Littéralement. Mes ongles y passent un à un. Mon cœur fait des embardées, je suis incapable de rester en place. Voir les vidéos de Cameron m'a terrifiée, alors la perspective de l'observer en vrai… je préfère ne pas y penser ! Pourtant il va bien falloir que je me fasse à l'idée, puisqu'il est en train de s'installer dans le box. Il est déjà juché sur le dos du bronco. Son tee-shirt noir a laissé place à une chemise de la même teinte, recouverte d'une veste de protection pour le dos. Sur son jean il porte un revêtement en cuir pour ne pas se blesser avec les frictions de la selle. Son éternel chapeau est toujours vissé sur son crâne. Grâce aux écrans installés un peu partout, je peux facilement voir son air concentré. Une ride apparaît entre ses deux sourcils froncés, sa mâchoire est contractée. Je le vois inspiré profondément et s'assurer que son couvre-chef est bien en place avant de faire un léger signe de tête.

C'est le signal de départ.

Les portes s'ouvrent.

Le cheval entre en action, prêt à déloger l'intrus sur son dos.

Cameron reste campé sur la selle, son bras droit en l'air, dans un angle droit parfait. Ses hanches suivent chaque mouvement du bronco. Je déglutis à mesure que le temps passe, que mes yeux suivent les courbes de son corps. Je ne m'étais pas rendue compte, en vidéo, de l'énergie que cela demande. Les muscles de Cameron sont contractés pour lui permettre de rester en place. Son corps ondule sur le dos de l'étalon qui ne lâche rien et qui accélère la cadence. Les mouvements de Cameron me semblent alors désarticulés et j'ai l'impression de regarder une poupée de chiffon. Il n'y a rien de séduisant dans ce sport, mais je suis impressionnée par les qualités physiques – et mentales – qu'il faut déployer pour rester à dos de cheval.

Les secondes défilent et, lorsque le buzzer retentit pour annoncer que Cameron est resté sur sa monture assez longtemps, le cowboy n'hésite pas une seule seconde pour sauter à terre. Il effectue une rapide cabriole pour se réceptionner et lorsqu'il se redresse, la foule l'acclame. Je suis trop sidérée pour mêler ma voix aux autres. Pourtant, quand je le vois arpenter la foule du regard, je comprends que c'est moi qu'il cherche et je n'attends pas une seconde de plus. Mon corps se met en branle de lui-même, je ne réfléchis pas avant d'aller le rejoindre.

Cameron quitte l'arène au moment où j'arrive.

Un large sourire se dessine sur ses lèvres.

— C'était incroyable !

— Tu n'as pas eu peur pour moi ? me questionne-t-il avec un sourire en coin.

— Bien sûr que si ! je le réprimande en lui donnant une tape sur l'épaule. Mais je dois bien avouer que c'était renversant !

Il baisse la tête en souriant.

— C'est vrai que je me suis bien débrouillé.

Il lève son chapeau pour essuyer son front.

— Bien débrouillé ? C'était…

Je suis coupée dans mon élan par l'arrivée de plusieurs personnes qui viennent le féliciter pour son passage. Les hommes en question ne font pas attention à moi et se placent entre nous. Cameron me regarde toujours, répondant aux arrivants sans leur accorder la moindre attention. Alors qu'il était souriant lorsque je suis arrivé, son sourire se fane pour laisser place à son masque taciturne. Il ne m'aura fallu que quelques jours en sa compagnie pour me rendre compte qu'il se cache derrière une carapace. Comment ces personnes, qui le côtoient quotidiennement, ne parviennent pas à s'en rendre compte ?

Comme s'il avait lu dans mes pensées, Cameron fait un pas vers les hommes qui continuent de le féliciter et de le solliciter pour des partenariats. Il ne leur prête pas attention, fendant la petite foule qu'ils ont formée autour de lui, pour me rejoindre. Il attrape ensuite ma main et nous nous dirigeons dans les vestiaires.

— Au fait, ce tee-shirt est hideux.

J'éclate de rire avant de me coller un peu plus à lui.

— Tu trouves ? Je pensais qu'il était fort à propos.

Je tente le tout pour le tout.

Cameron sourit en me regardant, une lueur malicieuse traversant ses yeux avant qu'il ne déclare :

— Je prends note de l'invitation.

Sa réplique me laisse la gorge sèche et je peine à déglutir. Comment peut-il être à la fois si timide et si sûr de lui ?

— J'attends de voir, finis-je par répondre. Plus le temps passe et moins j'y crois !

Je soupire d'un air dramatique, faisant semblant de me plaindre.

Cameron passe sa langue sur ses lèvres, se penche vers moi et effleure mes lèvres. C'est fugace, presque trop léger pour que mon cerveau intègre l'information. Il reste penché vers moi, son souffle venant me caresser lorsqu'il reprend la parole.

— Sois patiente.

CHAPITRE 16

Le marteau s'abat avec force sur la plateforme. Le poids s'élève et va faire sonner la cloche.

— Tu vois ! s'exclame fièrement Cameron en se retournant vers moi. Le score le plus élevé !

OK, ne jamais parier avec un cowboy. Ils prennent tout très à cœur et on se retrouve à devoir les regarder tenter leur chance sur la quasi totalité des stands pour prouver leur valeur.

— Bien joué Musclor, me moqué-je en levant les yeux au ciel.

Il rit et passe un bras autour de mes épaules.

— Allez viens, tu as le droit de choisir la récompense.

— C'est la moindre des choses, on peut dire que c'est grâce à moi si tu as réussi à gagner.

— Comment ça « grâce à toi » ?

— Eh bien oui, si tu as tenté ta chance sur ce truc, dis-je en désignant la machine, c'est parce que je t'ai poussé à le faire ! Sans moi, tu n'aurais pas essayé.

Cameron éclate de rire, posant sa main libre sur son ventre.

— Je me souviens de l'histoire différemment.

— C'est normal, je commence en me détachant de lui pour lui faire face, avec tous ces rodéos, ton cerveau est malmené donc tu deviens zinzin !

J'accompagne ma remarque en faisant tourner un doigt autour de ma tempe.

— Et puis, n'oublions pas que tu es plus vieux que moi, ça joue beaucoup sur la mémoire.

— Nous n'avons que trois ans d'écart, marmonne-t-il.

— Tu as passé la trentaine, accepte ton sort !

Il secoue la tête en souriant puis m'attrape le poignet pour que je revienne à ses côtés.

— Allons choisir une horrible peluche avant d'aller rejoindre Jamie et Sarah.

Cameron me pousse en avant, son bras toujours autour de mes épaules, et nous arrivons devant le stand pour récupérer notre lot. Une étendue d'animaux en peluche s'étend devant nous. Je fais semblant de réfléchir, un doigt sur le menton, pendant que le cowboy me regarde.

— J'hésite…

— J'avais remarqué.

Ce que je n'avais pas remarqué, de mon côté, c'est qu'il s'est approché de moi. Son souffle vient caresser ma nuque alors qu'il penche la tête pour être à ma hauteur. Son corps est suffisamment proche du mien pour que je puisse sentir sa chaleur se répandre autour de moi. Ses mains se posent sur mes hanches, son torse se colle à mon dos. Je me mords les joues pour retenir mon souffle.

— Celui-ci, parvins-je à dire tout de même en désignant un petit cheval avec un chapeau de cowboy.

— Sûre ? souffle-t-il.

Je n'ai pas la force de répondre, alors je me contente de hocher la tête.

— Alors ça sera le cheval.

Il s'éloigne de moi et je manque tomber. Je n'avais pas remarqué que je m'étais appuyée contre lui. Lorsque Cameron revient, j'ai retrouvé mes esprits. Il me tend l'animal en peluche et je souris en caressant sa crinière.

— Il te ressemble un peu, dis-je en levant l'animal à sa hauteur.

— Je n'ai aucun point commun avec ce truc, feint-il d'être vexé.

— Bien sûr que si ! Le poil noir, le chapeau vissé sur la tête. En y regardant de plus près, continué-je en approchant le cheval de mes yeux, je suis sûre que je réussirai à voir les petites rides au coin des yeux.

Je laisse échapper un cri de surprise lorsqu'il m'attrape par les hanches pour me rapprocher de lui. Il lève mon menton à l'aide de ses doigts et plonge son regard dans le mien.

— Tu es infernale !

Je n'ai pas le temps de répondre qu'il me fait pivoter, glisse sa main dans la poche arrière de mon jean et m'entraîne dans les allées du rodéo pour que nous allions retrouver Jamie et Sarah.

Le bar dans lequel nous les retrouvons est bondé. Plusieurs têtes se tournent dans notre direction et l'effet Cameron entre en jeu : les gens le saluent sur son passage, lui sourient, tentent de lui offrir un verre. Le cowboy se renfrogne. Ses traits, détendus lorsque nous étions à la fête foraine, se crispent.

— Relax cowboy, tout va bien.

J'entrelace mes doigts avec les siens et, ignorant les regards alentours, je me dirige en souriant vers le comptoir où Jamie et Sarah nous attendent. Dès que nous sommes avec ses amis, Cameron lâche un peu du lest et sourit.

— Bien joué, dit-il à Jamie en le prenant dans ses bras.

C'est en avisant sa boucle de ceinture luisante que je me rends compte qu'il a gagné son épreuve. Je le félicite à mon tour en le prenant dans mes bras.

— C'est une jolie boucle, déclaré-je en me détachant de lui.

— Je t'inviterai bien à la défaire, mais je pense que ça ne plairait pas à ton Cerbère.

Jamie accompagne sa remarque d'un geste du menton et je me tourne pour voir Cameron nous observer, le regard sombre.

— Joli tee-shirt, au fait.

— Je t'ai pris le même, réponds-je avec un clin d'œil.

Jamie plaque une main sur son cœur et laisse échapper un soupir de satisfaction.

— Tu me connais si bien. Garde-la à tout prix ! lance-t-il ensuite vers Cameron.

— Je t'ai aussi pris ça, dis-je en lui tendant la peluche.

— Ah, merci… il ne fallait pas…

Jamie attrape l'animal et le regarde avec dégoût. Je retiens mon rire jusqu'à ce que mon regard croise celui de Cameron.

— J'ai l'impression d'avoir loupé un épisode, marmonne Jamie à l'intention de son ami.

Ce dernier ne répond pas, se contentant de sourire avant d'ingurgiter une gorgée de bière. J'attrape le verre qu'il me tend et nous trinquons tous les quatre avant de commander de quoi nous restaurer. Jamie nous raconte son épreuve et, même si je me trouvais dans les tribunes à ce moment-là, je revis l'instant à travers ses yeux. C'est un conteur né, qui nous captive et nous fait rire à mesure de son récit. Ensuite vient le tour de Cameron, qui se fait plus concis.

— J'ai tenu en selle huit secondes, se contente-t-il de dire en haussant les épaules.

— Tu te fous de moi !

Je lui donne un léger coup dans le ventre avant de me tourner vers ses amis.

— C'était incroyable ! Ce type est fou ! J'ai cru que son cheval allait décoller à force de faire des cabrioles !

Je leur raconte les huit secondes les plus intenses de ma vie avec beaucoup d'énergie.

— J'avais l'impression que le temps s'était arrêté !

— J'espère pour toi qu'il tient un peu plus longtemps que ça dans d'autres circonstances, déclare Sarah de but en blanc.

Cameron s'étouffe avec la nouvelle gorgée qu'il vient de prendre. Le pauvre n'est pas au bout de ses peines.

— J'espère aussi, réponds-je dans un soupire, faire toute cette route pour si peu…

Sarah et moi échangeons un regard avant de nous esclaffer, sous le regard médusé de Cameron. Entre deux rires, j'entends Jamie lui souffler :

— Mec, je pense que c'est la bonne.

*

Épuisée, je me laisse tomber sur le lit et ferme les yeux.

— Avant d'aller te coucher, il faut que tu prennes une douche.

— Il faudra me forcer. Je n'ai pas le courage d'y aller.

— Lucie…

— Cameron…

Je l'entends s'approcher de moi et, rassemblant mes dernières forces, je me dresse sur les coudes pour le regarder.

— Viens.

Il me tend la main et je la saisis.

Sans effort, il me remet sur mes pieds et m'entraîne jusqu'à la salle de bains.

— C'était ton plan depuis le début en fait, me faire boire pour profiter de moi ?

— Tu as bu des sodas toute la soirée. Si l'un de nous est en position de faiblesse, c'est moi.

— Tu as toujours réponse à tout, de toute façon.

Ma remarque le fait sourire. Il me fait asseoir sur le rebord de la baignoire et m'aide à enlever mes bottes. Je ferme les yeux, fatiguée, alors que ses mains remontent le long de mes mollets.

— Tu as encore oublié de mettre de la crème solaire, me réprimande-t-il.

Je suis trop fatiguée pour répondre, alors je me contente de lui tirer la langue. Je l'entends soupirer, puis une sensation de vide me transperce lorsqu'il s'éloigne de moi. Un tiroir s'ouvre, puis de l'eau coule du robinet. Il ne se passe que quelques minutes avant qu'un gant humide me tamponne le visage. Je laisse Cameron faire, appréciant la sensation froide de l'eau sur ma peau.

— Pour faire le reste, il va falloir te débrouiller toute seule.

J'ouvre une paupière.

— Tu pourrais venir avec moi sous la douche.

Il émet un petit rire et secoue la tête.

— Ça n'arrivera pas ce soir.

Je soupire, l'air faussement vexé, puis me lève. Le rebord de la baignoire commençait de toute façon à devenir inconfortable.

— Prends ton temps, je vais aller me doucher dans ma chambre.

Cameron s'éclipse aussi vite que l'éclair, me laissant seule avec mes pensées. Je m'approche du lavabo, passe une main sur mon visage avant de me regarder dans le miroir :

— Eh bah ma vieille, t'es pas sortie de l'auberge.

*

Les draps sont frais lorsque je m'y glisse. J'attrape ma liseuse et tente de me replonger dans mon histoire, mais mon esprit tourne à plein régime. Je me demande pourquoi Cameron n'est pas encore revenu dans la chambre. Mon portable n'affiche aucun message, je suppose donc qu'il envisage toujours de venir dormir ici… Mon esprit torturé pense également que s'il n'est toujours pas venu me retrouver, c'est parce que je lui ai fait peur à me montrer trop entreprenante. Sous la stature de l'adulte se cache toujours l'enfant blessé et en manque d'attention. Celui qui pense qu'il n'est pas à la hauteur de sa famille, qu'il est de trop. J'essaie, en vain, de lui montrer qu'il n'est pas de trop avec moi, mais j'ai peur d'en faire plus qu'il n'en faut et d'arriver à l'effet inverse. Il ne pourrait rien arriver de pire que de l'éloigner de moi alors que je fais tout pour le rapprocher.

La porte s'ouvre et laisse apparaître Cameron, fraîchement douché, apprêté d'un short de sport et d'un tee-shirt blanc. Aussitôt mes inquiétudes s'envolent. Le sourire en coin qu'il me lance me rassure également. Sans un mot, il vient me rejoindre et s'allonge à mes côtés, épuisé de cette folle journée. Je pensais qu'il serait fatigué après sa compétition et qu'il devrait se reposer, mais c'est lui qui a insisté pour que l'on se rende à la fête foraine. Et par insister, comprenez qu'il m'a prise par la main en sortant des vestiaires et qu'il s'est dirigé vers les attractions. Peu de mots sont nécessaires quand les intentions sont claires.

Il laisse échapper un soupir de contentement et pose un bras sur ses yeux. Je m'empresse d'éteindre la lumière et de me blottir contre lui.

— Tu n'étais pas obligée d'arrêter de lire.
— L'histoire n'est pas si intéressante que ça.

De son bras libre, Cameron me rapproche encore de lui, me serrant contre son flanc. Je m'enivre de son odeur, de sa chaleur, de sa présence.

— Tu étais impressionnant, ce matin, laissé-je échapper après un instant de silence.

Sous le couvert de l'obscurité, je me suis mise à chuchoter, comme si chaque parole était sacrée, trop précieuse pour s'élever plus haut que nous, au risque de briser cet instant.

— Ah oui ?

Je hoche la tête contre ses côtes.

— Et tu n'as pas eu peur ?

— J'étais terrifiée, avoué-je.

Je me détache un peu de lui, suffisamment pour pouvoir lui embrasser la joue. Elle est rugueuse à cause de sa barbe naissante.

— J'aurais toujours peur, en ce qui te concerne.

Je peux deviner son froncement de sourcils.

— Pourquoi ?

Je me réinstalle à ses côtés, emmitouflant ma tête dans le creux de son cou. L'une de ses mains joue avec les pointes de mes cheveux longs tandis qu'une des miennes dessine des cercles sur son bras.

— Parce que maintenant que je t'aie trouvé, je n'ai pas envie de te perdre.

CHAPITRE 17

Anxieuse, je me ronge les sangs alors que Cameron se prépare à entrer en piste. Du haut des gradins, j'observe ses traits concentrés sur le grand écran de l'arène. Autour de moi les brouhahas se sont estompés, il n'y a plus que mon anxiété et moi.

— Calme-toi, ça va bien se passer.

Je sursaute en entendant la voix de Jamie dans mon oreille. Il affiche un grand sourire lorsque je me tourne vers lui.

— Et assieds-toi, t'es la seule debout dans les tribunes.

Je jette un coup d'œil circulaire et constate qu'il a raison. Je me laisse tomber lourdement et ma jambe tressaute au rythme de mes battements de cœur effrénés. La main de Jamie s'écrase sur mon genou.

— Ce n'est pas son premier rodéo.

Il explose de rire à sa blague, je lui donne un coup d'épaule.

— T'es vraiment bête !

Sa bonne humeur finit par m'atteindre et je commence à me détendre.

Cela ne dure que quelques secondes, le temps que Cameron finisse de se préparer, qu'il hoche la tête et que la cloche retentisse. Deux jours se sont écoulés depuis sa première épreuve. Après les qualifications a eu lieu la demi-finale et nous assistons maintenant à la grande finale. Celle qui lui permettra, s'il la remporte, de s'affranchir de Walter et d'ouvrir sa propre affaire, de faire évoluer le ranch comme il l'a toujours voulu. Alors ce n'est pas seulement pour lui que je suis inquiète, mais pour tous les enjeux qui se cachent derrière cette potentielle victoire.

    Mon souffle se coupe à la seconde où les portes s'ouvrent et que le cheval se cabre. Après trois jours de compétition, il ne laisse aucun répit à son cavalier. La mâchoire de Cameron est serrée, son visage fermé. La concentration transparaît de ses traits ; il est dans son élément. Je devine qu'il ne prête aucune attention à la foule qui est venue pour assister à son exploit. Il n'y a plus que le cheval et lui, que les soubresauts de l'étalon sauvage et le mouvement des hanches de son cavalier qui fait tout pour rester en équilibre. Un bras fièrement levé dans les airs et son Stetson vissé sur la tête, Cameron donne l'impression d'être un véritable conquérant. Mon regard est vissé sur cet homme qui fait tout pour se fondre dans la masse, qui ne devient lui-même que lorsqu'il est sur un cheval.

    Enfin, la sonnerie retentit. D'une pirouette experte, Cameron se laisse tomber de sa monture et celle-ci part se défouler un peu plus loin, continuant ses cabrioles. La foule explose de joie lorsque le score s'affiche.

Il l'a fait.

Je ne le retrouve que quelques heures plus tard, lorsque l'euphorie de la finale est passée et qu'il a enfin pu nous rejoindre, Jamie, Sarah et moi, dans l'une des granges qui bordent les installations du rodéo. L'endroit a été transformé en salle de réception pour célébrer les champions de ces derniers jours.

Après le passage de Cameron, j'ai tenté de le rejoindre pour le féliciter. Malheureusement, contrairement aux épreuves de qualification, je n'ai pas réussi à l'atteindre tant il y avait de monde autour de lui. Je me suis donc éclipsée, bien que j'aurais préféré être à ses côtés tant je sais qu'il n'aime pas les bains de foule.

— Voilà notre champion ! s'exclame Jamie en levant sa bière.

Cameron esquisse un sourire et se laisse tomber à côté de moi sur un tabouret. La salle est pleine à craquer, nous avons difficilement pu en trouver quatre près du bar. Son bras nu effleure le mien et une multitude de frissons me parcourent. Nos regards se croisent et un sourire naît sur mes lèvres. Je suis complètement dingue de ce type.

— Félicitations pour ta victoire…

— Tu n'es pas venue me voir…

Nous parlons en même temps. Je me mords les lèvres et il sourit en baissant les yeux.

— Je n'ai pas réussi à t'atteindre, avec tout ce monde qui gravitait autour de toi.

— Ne m'en parle pas, répond-il en grimaçant. Tu étais la seule personne que je voulais voir.

Il me donne un léger coup d'épaule pendant que je rougis à ses mots.

— Bon, si vous avez fini de vous draguer, on peut peut-être trinquer à la victoire du jour ? rouspète Jamie.

— Laisse-les tranquille ! Pour une fois que Cam nous ramène une fille sympa, le réprimande Sarah.

— Tu dis ça comme si j'en ramenais des tas, grommelle l'intéressé.

— Non, mais ce ne sont jamais les poulains les plus dégourdis de l'écurie ! Sauf toi, bien sûr, ajoute-t-elle en me désignant de sa bière.

Je laisse échapper un petit rire avant de boire une gorgée de ma boisson. Nous trinquons ensuite au nom de Cameron et lorsque vient notre tournée, Jamie insiste pour qu'on boive en son honneur.

— Nous l'avons déjà fait quand tu as gagné, je te rappelle.

— Mon cher Cam, commence-t-il en passant son bras autour du cou de son ami, tant que nous sommes sur le rodéo, nous fêterons ma victoire.

— Parce que tu comptes vraiment arrêter de nous rabâcher les oreilles une fois à la maison ? s'étonne Sarah.

Jamie se tourne vers elle, lève un doigt d'un air solennel et déclare :

— Pas le moins du monde.

Sa réplique et son air angélique nous font éclater de rire.

— Bon, c'est le pas le tout, mais nous sommes venus pour faire la fête, non ? Alors allons danser !

Sans attendre de réponse, il attrape ma main et m'entraîne sur la piste de danse. J'ai juste le temps de tendre mon verre à Cameron pour ne pas le renverser.

La piste a été délimitée par des ballots de paille, séparant ainsi les buveurs des danseurs. De petits lampions sont répartis un peu partout dans la grange pour lui donner une ambiance tamisée, un peu intime. Certainement pour camoufler l'état de fatigue des cowboys qui grouillent un peu partout. La musique ne m'avait pas paru aussi forte lorsque j'étais à côté de Cameron. Je ne percevais que lui, ses moindres mouvements, sa respiration, son odeur.

— Tu sais danser ?

— Pas la country !

Nous devons hausser le ton pour nous entendre au-dessus de la musique.

— Alors suis mes pas !

Sans attendre, Jamie se joint à la ligne des danseurs. Je le suis de bon cœur, ravie d'apprendre une nouvelle danse. Mes yeux ne quittent pas ses jambes lors de la première chanson. Je prends confiance en moi petit à petit et, même si je me trompe à plusieurs reprises dans les enchaînements, c'est avec enthousiasme que je m'applique à enchaîner les danses. Au bout de la troisième, je suis essoufflée et retourne retrouver les autres. Sarah et Cameron, penchés l'un vers l'autre, s'écartent lorsque j'arrive.

— Tout va bien ? m'interroge Cameron.

— Oui, mais je n'en peux plus, Jamie va finir par me tuer.

Je fais signe au barman et lui commande un verre d'eau.

— Il a toujours été très impliqué dans la danse, intervient Sarah.

Elle pointe son frère du menton et nous suivons son regard. Le jeune cowboy a laissé tomber la country pour une danse un peu plus sensuelle en compagnie d'un autre cowboy. Quelques danseurs leur jettent des regards désapprobateurs, mais ils n'y prêtent pas attention, bien trop occupés à se chercher l'un l'autre.

— Tu veux danser ?

Cameron grimace à ma question.

— Ce n'est pas trop mon truc…

Sa réplique me vaut un petit pincement au cœur. J'aurais bien aimé danser avec lui, ça aurait été le parfait moyen de nous rapprocher un peu, comme lors de cette soirée que nous avons passé ensemble dans un bar. Cependant, je ne le force pas. Je me contente de finir le verre d'eau que le barman vient de m'apporter, puis je tourne les talons et rejoins la piste de danse.

La musique country a laissé la place à des sons plus dansants, rameutant les plus jeunes personnes de l'assistance sur la piste de danse. Je ferme les yeux, détache mes cheveux et me laisse entraîner par la musique. Je n'ai jamais été très coordonnée, on peut même dire que je n'ai pas le rythme dans la peau. Je n'en fais pas grand cas, ce que j'aime, c'est me défouler. J'aime sentir les vibrations de la musique se répandre dans mon corps. J'aime sentir mes muscles s'endolorir à mesure que je danse. J'aime le lâcher prise qui s'empare de moi.

Des mains se posent sur mes hanches et un torse se colle à mon dos. Je souris, pensant que Cameron vient de me rejoindre malgré tout. Qu'il a laissé de côté ses appréhensions, que l'ambiance tamisée de la grange l'a convaincu de se laisser un peu aller, de laisser tomber ses barrières et d'esquisser un rapprochement entre nous. Ma déception est indescriptible lorsque je me rends compte que c'est un inconnu qui vient de se permettre de me coller comme il vient de le faire. Je m'écarte de lui, mais il revient à la charge.

— Allons ma belle, c'est qu'une danse…

Il s'est penché pour parler à mon oreille. Son souffle contre ma peau me dégoûte et je frissonne. La sensation est bien loin de celle que me procure Cameron lorsqu'il m'effleure.

Je pose mes mains sur le torse du type pour le repousser. Il me regarde en souriant, pas découragé pour un sou. Lorsqu'il fait un pas de plus dans ma direction, une main s'abat sur son épaule. Mon regard se pose dans celui de Cameron.

— Elle t'a demandé d'arrêter.

— Mec… commence le type.

— Elle t'a demandé d'arrêter, répète Cameron.

Son ton est posé, son regard est glacial. Tout son langage corporel suggère que ce n'est pas le moment de lui chercher querelle. Il écarte le malandrin et s'approche de moi, posant une main sur ma joue.

— Ça va ?

Je hoche la tête, et le type ricane.

— Mec, sérieux !

Cameron tourne la tête pour le fusiller du regard. Quand il se tourne de nouveau vers moi, il enlève son chapeau et le dépose sur ma tête.

— C'est plus clair comme ça ? demande-t-il au type.

La mâchoire de ce dernier se contracte.

— Très clair.

Il s'éloigne sans un regard de plus.

— C'était quoi, ce délire ?

Cameron reporte son attention sur moi après avoir suivi l'autre cowboy du regard.

— Je... Il y a une règle débile... enfin...

— Comment ça « une règle » ? questionné-je en mimant les guillemets.

Cameron passe une main sur son visage, mal à l'aise.

— Cameron, explique-moi ! insisté-je.

Il regarde mon tee-shirt, avant de me regarder, moi.

— D'accord, il se racle la gorge, il y a une règle à propos des filles et des chapeaux de cowboy.

Le chapeau en question, trop grand, me glisse sur les yeux et je le remets en place.

— Il faut que tu sois plus clair.

Cameron ne me quitte pas des yeux, j'en deviendrais presque mal à l'aise tant son regard est intense.

— Si la fille porte le chapeau d'un mec, ça veut dire qu'il se la fait.

— Quoi ? m'étranglé-je.

— *Wear the hat, ride the cowboy*, m'explique-t-il.

Oh.

Oh.

Nous ne nous quittons pas du regard. Et puis, comme si nos corps ne répondaient plus de notre volonté, nous atterrissons dans les bras l'un de l'autre avant que nos bouches ne se scellent. C'est intense et maladroit, loin de la promesse qu'il m'avait faite. Peu importe que nous soyons au milieu de la foule, c'est cet échange qui compte, ce sont ses lèvres sur les miennes, ses mains sur ma chute de reins, son odeur autour de moi. Sur la pointe des pieds, j'agrippe le tee-shirt de Cameron pour ne pas tomber tandis qu'il passe un bras dans mon dos pour me coller à lui. Son autre main trouve le chemin de ma nuque. Ses lèvres sont douces contre les miennes, sa langue joueuse. Je quitte son tee-shirt pour trouver sa nuque et ses cheveux. Je le plaque davantage contre moi, insatiable.

Quand nous nous écartons, nos souffles sont courts et nos lèvres gonflées. Je ne perçois plus rien de la grange. Ce n'est que lui, que moi, que nous.

— Si je ne me trompe pas, on a oublié une étape importante de la règle.

— Laquelle ? questionne-t-il.

— Eh bien, pour le moment je ne porte que le chapeau...

Un sourire en coin naît sur ses lèvres, qu'il humidifie de la pointe de sa langue tandis qu'il ferme un instant les yeux. Lorsque son regard se pose sur moi, il est brûlant et je manque me consumer. Pourtant, je ne laisse rien transparaître.

— Allons faire un tour, dans ce cas.

*

Nous passons à peine le pas de la porte que nos lèvres se rencontrent de nouveau. Cameron claque la porte d'une main, l'autre me retenant contre lui, avant qu'il ne me plaque contre le battant. Le chapeau à l'initiative de ce moment rejoint vite le sol. Les mains de Cameron sont partout à la fois, m'électrisant de caresses tantôt douces et rugueuses. Après des jours à nous tourner autour, l'urgence de l'instant nous enflamme.

Quittant la porte, nous avançons vers le lit, nous défaisant en chemin de nos vêtements. Lorsqu'il ne nous reste plus que la barrière de nos dessous, nous nous reculons pour nous observer. Les heures passées sur un cheval et aux travaux du ranch lui ont sculpté un corps renversant et je suis presque gênée de ne pas lui rendre la pareille. Jusqu'à ce qu'il nc souffle :

— Putain de merde…

Ces mots échappés, il se rue sur moi et m'embrasse de nouveau. D'un geste expert, il défait mon soutien-gorge, qui va rejoindre la pile de vêtements qui parsèment notre chemin jusqu'au lit. Nous reculons jusqu'à ce qu'il tombe sur le matelas. Je me mets à califourchon sur lui, il se redresse pour me faire face.

— Tu es tellement belle, murmure-t-il avant de s'attaquer à mon cou.

Mes hanches commencent leur danse alors que sa langue laisse des traînées brûlantes sur ma peau. Les dernières barrières qui nous séparent rejoignent bientôt le monticule de vêtements et nous nous retrouvons dans notre plus simple appareil. Il n'y a pas de gêne, nos corps se connaissent mieux que nos esprits. Ils ont compris avant nous ce qui était en train de naître entre nous, ce qui germait en nos seins depuis notre rencontre à Édimbourg.

Cameron rompt notre étreinte et me dépose délicatement sur le matelas avant de se lever, m'offrant la plus belle vue qui soit. Je le regarde sans vergogne, me délectant de chaque centimètre de peau qui s'offre à moi. Il attrape, dans sa valise, un préservatif et me rejoins.

— Avoue que tu avais prévu ton coup, sous tes airs timides, le taquiné-je.

— Je prévois mon coup depuis que tu as mis les pieds au ranch.

Sa réplique me coupe le souffle. J'aime toutes les facettes de Cameron, mais je pense que le Cameron entreprenant est mon préféré de tous.

Dès qu'il est installé sur le lit, il m'invite à revenir sur ses genoux. Je l'embrasse pendant qu'il se protège, enfin, nous entrons en communion. Nous soupirons d'aise en harmonie. S'il n'était pas enclin à venir danser avec moi dans la grange, il me dévoile tous ses talents dans notre chambre. Nos peaux luisent de sueur et se heurtent pendant que nos sensations se démultiplient.

Il y a encore quelques semaines, j'avais oublié l'existence de l'homme avec lequel je suis en train de partager l'un des moments les plus intenses de ma vie.

Désormais, je ne suis pas certaine que je pourrais un jour me passer de lui.

CHAPITRE 18

— Qu'est-ce qu'on vient faire ici ?

Je me tourne vers Cameron, perdue.

Nous avons pris la route ce matin pour rentrer au ranch et nous venons de nous arrêter sur le parking d'un complexe commercial, bien loin de notre itinéraire d'origine. Je regarde les différentes devantures qui s'offrent à moi, essayant de comprendre ce que l'on fait là. Le cowboy s'est garé au fond du parking, le pick-up étant attelé au van de Bronx.

— On va là-bas, désigne-t-il en pointant son menton vers la gauche.

Il ne me laisse pas le temps de répliquer et s'éloigne du véhicule. Il me faut quelques secondes pour le suivre. Je trottine pour le rattraper. Cameron ne décroche pas un mot avant que nous arrivions devant une boutique en particulier.

— Une librairie ?

Il hoche la tête en souriant et m'ouvre la porte.

— Qu'est-ce qu'on vient faire dans une librairie ? questionné-je.

Comme il ne me répond toujours pas, je m'arrête et croise les bras. Dès qu'il remarque que je ne le suis plus, il fait demi-tour et me rejoint.

— Réponds à ma question !

Il lève les yeux au ciel, plus amusé qu'agacé, mais finit par y consentir.

— On t'achète des livres.

— Pourquoi ?

— Pourquoi pas ?

Je le sonde pour essayer de déceler la faille et croise les bras sur ma poitrine.

— Si c'est pour hier soir, tu n'as pas besoin de me remercier, je l'ai fait de gaieté de cœur.

Ma remarque le fait rire.

— Bon sang, tu es infernale.

Il pivote vers les rayonnages et passe un bras autour de mes épaules avant de m'entraîner en direction du paradis.

— Je vais être souvent absent ces prochains jours, donc je me suis dis qu'il fallait t'occuper.

Je me retiens de lui dire que j'ai avec moi une bonne centaine de romans grâce à ma liseuse. De toute façon, je ne l'ai presque pas utilisée depuis que je suis arrivée, incapable de toucher à un livre tant j'ai mieux à faire. Mais la perspective de passer du temps avec Cameron dans cette librairie me donne une folle envie de dévorer tous les romans qui me passeront sous la main, au diable ma pile à lire !

Cameron s'arrête devant un rayon – la romance – et se tourne vers moi, un air très sérieux soudain plaqué sur le visage.

— OK, voici les règles. Tu as cinq minutes pour faire du repérage, puis une minute pour prendre tous les livres que tu es capable de porter. Une fois la minute écoulée, il pose sa main droite sur son cœur, je m'engage à payer tous les romans que tu auras dans les bras.

Mes yeux s'écarquillent à ces mots. J'ai toujours rêvé qu'on me propose un truc pareil ! À croire qu'il lit dans mes pensées, c'est dingue.

— Pourquoi tu ferais un truc pareil ? Cameron ! C'est insensé ! Tu as déjà payé pour les bottes et le chapeau. C'est hors de question que…

— Lucie, me coupe-t-il en plongeant son regard dans le mien, ça me fait plaisir.

Je ronge mon frein, comprenant qu'il est inutile de me battre avec lui.

— Je peux en prendre autant que je veux ?

— Du moment qu'ils tiennent dans tes bras à la fin de la minute, oui.

Je sautille sur place en poussant des petits cris contenus. Il me jette un regard amusé.

— OK, OK, je me calme, dis-je en inspirant profondément.

Je fais craquer ma nuque et échauffe mes poignets sous le regard amusé de Cameron.

— Prête, j'énonce.

Cameron lance le chronomètre et, à la vitesse de l'éclair, je fonce dans le rayon. Je scanne rapidement les étagères, essayant de repérer des couvertures qui me plaisent, des titres qui m'intriguent. À ce moment, je suis bien contente de ne pas être le genre de lectrice qui s'attarde sur les résumés. Je prends ce qui me plaît ! Du moment que mon regard est attiré, un livre m'intéresse. De la romance, je passe à l'imaginaire. Ne trouvant rien qui m'inspire pour les prochains jours, je me cantonne à mon genre de prédilection. J'ai repéré plusieurs romances qui se passent dans un ranch ou avec des hockeyeurs : c'est parfait.

— Temps écoulé !

— OK, que les choses sérieuses commencent.

Dès que j'ai le top départ de l'arbitre, je fonce dans le rayon qui m'intéresse le plus et je sélectionne les livres qui m'ont le plus attiré l'œil lors de mon repérage. Je fais vite, ne prenant pas le temps – au contraire de d'habitude – de vérifier si les couvertures ne sont pas cornées. Peut-être que Cameron m'autorisera à échanger un ouvrage abîmé par un autre.

C'est les bras chargés que je retourne à ses côtés lorsque j'entends qu'il annonce la fin de la minute.

— Tu arrives toujours à voir ?

Je devine sa stupéfaction plus que je ne la voie. La pile de romans est tellement grande que je la retiens à l'aide de mon front. Je suis pliée sous l'effort et me déplace les genoux fléchis pour faire tenir la pile en équilibre.

— Un peu d'aide ne serait pas de trop.

Aussitôt, les premiers romans de la pile se volatilisent pour atterrir dans les bras de Cameron.

— Merci, soufflé-je.

— Je ne m'attendais pas à ce que tu réussisses à en prendre autant...

La culpabilité me gagne, c'est vrai que je me suis peut-être un peu emportée. Je me mordille la lèvre en pensant déjà à ceux qu'il faudrait que j'enlève. Après tout, je ne lirai jamais tout ça en quelques jours et je ne sais pas si j'aurais assez de place dans ma valise pour tous les reprendre lorsque l'heure du départ arrivera. J'ai beau essayé de ne pas y penser, elle se rapproche à grands pas. Dans une petite semaine, je devrais reprendre l'avion et m'éloigner du Montana, de Cameron.

— Je vais aller en reposer, je n'ai pas...

— Non Lucie, me coupe Cameron, je ne disais pas ça dans ce sens. Je suis juste étonné qu'une si petite chose parvienne à porter une montagne de romans !

J'ouvre la bouche, stupéfaite.

— Est-ce que tu viens de me charrier ?

— Peut-être bien, ouais.

— Qui êtes-vous et qu'avez-vous fait de Cameron Darling ? Le Cameron que je connais n'aurait jamais osé me vanner ! C'est un grand gaillard taciturne.

— Il a rencontré une petite rousse qui le fait sortir de sa coquille, répond-il en se penchant vers moi.

Je m'attends à ce que, comme d'habitude, ses lèvres se posent sur ma joue ou mon front, mais elles se posent sur les miennes. J'ai une défaillance de système et ai bien du mal à revenir sur terre.

— Tu viens ?

La voix de Cameron me sort de mes pensées : il s'est déjà éloigné de quelques pas en direction de la caisse. Je fais demi-tour pour le suivre, un grand sourire aux lèvres.

*

Fière de mes nouvelles acquisitions – et prenant conscience qu'une fois de plus j'ai totalement délaissé mes réseaux sociaux – je me pose dans la chambre pour tourner une rapide vidéo. Je montre les romans, m'excuse auprès de ceux qui ne lisent pas en anglais et promets de faire en sorte de leur répondre rapidement. Plusieurs messages se sont glissés dans ma messagerie ces derniers jours, suite à la story faite sur le rodéo. Je n'ai pas pris le temps d'y répondre, trop occupée à profiter de l'instant présent. Cameron devant s'absenter à plusieurs reprises cette semaine, ce sera pour moi l'occasion parfaite de répondre à mes tâches journalières.

Forte de cette décision, je rejoins Cameron dans la cuisine. Depuis la baie vitrée du salon, je vois Kaz qui nous observe, assis sur le perron, la tête droite.

— Tu n'as jamais pensé à le faire entrer dans la maison ?

Cameron tourne la tête en direction du chien.

— Il ne s'est jamais donné la peine d'entrer, répond-il en haussant les épaules. Et puis, ajoute-t-il, il ne se laisse pas approcher. C'est une vraie terreur.

Me tournant de nouveau vers l'épagneul anglais, je n'ai pas l'impression qu'il soit aussi terrible qu'il en a l'air. Peut-être que le départ de sa maîtresse l'a tout de même plus affecté qu'il ne veut le montrer. Soupirant, je me poste aux côtés de Cameron.

— Qu'est-ce que tu cuisines ?

— Des lasagnes.

Je salive d'avance.

— Tu as besoin d'aide ?

— Non, tu peux aller t'asseoir et lire un peu.

— Tu es sûr ? Tu as conduit une bonne partie de la journée, tu t'es occupé de Bronx en rentrant et…

— Lucie, m'interrompt-il, va t'asseoir.

Cameron se penche et m'embrasse rapidement, mettant fin à la discussion. Je finis par lui obéir, me délectant du confort de l'un des fauteuils après être allé chercher l'un de mes nouveaux romans dans la chambre.

— Je n'avais jamais remarqué qu'il y avait autant de vert chez toi.

Depuis la cuisine, Cameron me jette un coup d'œil au-dessus de son épaule.

— Ah oui ?

— Oui, les coussins dans la chambre, les plaids dans le salon, les assiettes dans la cuisine. Même la grange est verte. C'est drôle que je n'y ai pas fait attention avant.

Cameron reste silencieux, concentré sur sa cuisine.

— C'est ta couleur préférée ?

— Non.

— C'est dommage, ça nous aurait fait un point commun ! Dans ce cas, pourquoi autant de vert ?

La question m'échappe et je me rends compte trop tard que j'ai peut-être fait une bourde. Il ne cesse de me rappeler que sa sœur lui manque, qu'elle est partie sans prévenir et qu'il ne l'a pas revue depuis des années. Si ça se trouve, c'était sa couleur préférée à elle et je viens de le lui rappeler en mettant les deux pieds dans le plat.

Ses épaules tombent et ses gestes se figent, me confirmant que j'ai fait une boulette. Quand il se tourne vers moi, ses mots me transpercent.

— Parce que ça me rappelle Édimbourg et la fille que j'y ai rencontré.

— Q-quoi ?

Il prend le temps de baisser le feu pour éviter que la viande qui est en train de cuire ne brûle et il se tourne vers moi, prenant appui contre le plan de travail. Lorsqu'il croise les bras, ses biceps se contractent et je déglutis difficilement.

— Tu ne te souviens de rien de cette soirée, pas vrai ?

— Quelques bribes, j'avoue dans un souffle.

Il lève la tête et prend une grande inspiration.

— Ce soir-là, je n'ai pas fait que te rencontrer, Lucie. Je suis tombé sous ton charme. Je ne saurai pas l'expliquer. C'est comme si… comme si j'avais reçu un coup sur la tête. J'évoluai sans te connaître et, tout à coup, te voilà. Tu… au cours de la soirée, tu m'as demandé qu'on échange dix choses à propos de nous. Je t'ai livré dix de mes secrets, tu m'as livré dix des tiens.

— Et tu les as retenus ?

Il hoche la tête.

— Pendant tout ce temps…

— Lucie, ça fait six mois que tu hantes mes pensées. C'est débile, je sais. J'ai trente ans passés, je n'aurais pas dû rester obsédé par une fille que j'ai rencontré dans un bar et qui, ivre, à acheter des billets d'avion pour venir me rejoindre pendant l'été. Mais j'étais incapable de t'oublier. Je venais de commencer les travaux du ranch, de commencer les démarches pour acheter des chevaux et me retirer doucement du circuit... J'avais tellement de choses à penser que tu étais comme une bouée de sauvetage. Alors, quelques jours avant que tu n'arrives, j'ai ajouté des touches de couleur çà et là... Je me suis dit que, peut-être, ça te mettrait en confiance... Je...

Il s'arrête brusquement, se rendant sûrement compte de mon propre mutisme. Qu'est-ce que je peux bien répondre à tout ça ? Qu'est-ce que je peux bien dire qui soit à la hauteur de sa dévotion ? Je l'ai oublié pendant six mois, tandis que lui ne m'a pas effacé de ses souvenirs. Comment ai-je pu oublier un homme qui se donne la peine de mettre des touches de vert dans son ranch pour que je m'y sente bien ? Bordel, même le nom de l'endroit m'est dédié ! Il ne peut pas être réel. Ça ne peut pas être en train de m'arriver...

Pourtant, Cameron est bien là, dans la cuisine. Il me fixe, attendant que je dise quelque chose et je vois bien que mon absence de réponse le torture. Je n'ose imaginer ce qui lui passe par la tête, moi qui ait déjà du mal à mettre de l'ordre dans la mienne.

Alors, sans parler, je me lève et m'avance vers lui. Il ne bouge pas, se contente de suivre mon avancée. J'ai l'impression que le chemin du salon jusqu'à la cuisine s'étire. Je finis par parvenir jusqu'à lui et, sans une once d'hésitation, je le prends dans mes bras. Son corps se détend à mon contact. Il décroise les bras et les passent autour de ma taille, rendant notre étreinte plus agréable.

— Je suis désolé…

— Pourquoi ?

— Je ne veux pas te faire peur, je…

Je m'éloigne de lui pour le regarder droit dans les yeux.

— Cameron, tu ne me fais pas peur. Si j'avais peur, si à un seul moment je ne m'étais pas sentie à l'aise avec toi, je serais partie. Mais je suis là.

— Tu es là, répète-t-il comme s'il cherchait à ancrer les mots dans la réalité.

Ses mains se plaquent sur mes joues. Il ne m'embrasse pas, se contente de me regarder.

— Merci, souffle-t-il.

Et c'est ce mot, plus que tous les autres, qui me fait perdre pied.

CHAPITRE 19

Installée sur le perron, je profite de la douce chaleur des rayons du soleil qui viennent caresser mon visage. Les yeux fermés, la tête penchée en arrière, je me délecte de la tranquillité de l'endroit, écoutant le hennissement des chevaux au loin. Depuis deux jours, c'est le même rituel. Dès que j'entends la porte de la maison claquer – signe que Cameron vient de quitter le ranch – je sors du lit et me prépare un thé. Je viens m'installer sur la banquette du perron, ma tasse dans les mains et j'observe le paysage en attendant que le breuvage refroidisse. C'est seulement lorsque je suis sûre que je ne vais pas me brûler la langue que je bois le tout avant de lézarder quelques minutes.

J'avoue que ce matin, je profite un peu plus longtemps de la douceur de la matinée avant que les fortes chaleurs ne fassent leur apparition, m'obligeant à battre en retraite dans la maison. Kaz est installé un peu plus loin, suffisamment détendu pour être allongé.

Ces deux derniers jours, on dirait qu'il s'est habitué à ma présence puisqu'il se rapproche progressivement de moi. Je fais mine de rien pour ne pas lui faire peur, mais j'ose espérer que je parviendrai bientôt à gagner son entière confiance. Avant de me rappeler que mon séjour arrive à échéance. Il ne me reste plus que quatre jours avant de regagner la France. Je n'ose pas demander à Cameron ce qui se passera ensuite. D'après ce qu'il me laisse deviner, ce n'est pas qu'un moment passager pour lui, mais qu'en est-il réellement ?

J'ouvre les yeux à cette pensée et secoue la tête pour la chasser. Il n'est pas question que je m'interroge là-dessus maintenant. Je me lève et pénètre dans la maison, prenant soin de laisser la baie-vitrée ouverte derrière moi, dans l'espoir que Kaz prenne l'initiative d'entrer. Je suis presque déçue qu'il ne l'ait pas fait lorsque je ressors de la chambre, un livre et mon ordinateur sous le bras. Dans ma nouvelle routine, je m'oblige à m'occuper de traiter mes messages et de prendre des photos avec la douce lumière du matin. Après une longue période de pause, mon compte reprend doucement forme et le nouveau décore semble ravir mes abonnés, qui ne cessent de me demander où je me trouve exactement.

À chaque fois, je me mords la lèvre, incapable de leur répondre. Maintenant que j'ai trouvé un havre de paix, il est hors de question que je le partage avec qui que ce soit ! Sauf peut-être mes parents, qui justement font vibrer mon téléphone alors que j'étais en train de me perdre, une fois de plus, dans la contemplation des plaines environnantes. Bronx et Jolly profitent pleinement de l'espace, galopant aux abords de la maison. Les trois autres chevaux que possède Cameron se devinent plus loin dans le pâturage.

— Ma chérie ! Je suis contente de te voir !

— Je suis contente aussi maman, réponds-je avec un sourire sincère.

— Tu as une mine radieuse !

— Laisse-moi la voir.

Sans plus de cérémonie, mon père attrape le téléphone et le plaque beaucoup trop près de son visage. Je ris doucement en lui disant de reculer un peu l'appareil.

— Ah voilà, je te vois mieux.

— Moi aussi papa, moi aussi.

— Comment vas-tu ?

Le visage de ma mère apparaît derrière mon père et il baisse un peu la main pour qu'elle puisse mieux voir.

— Ça va, on est rentré de Bigfork il y a deux jours, vous avez reçu mes photos ?

— Oui, répondent-ils en chœur.

— Ça avait l'air chouette, ajoute ma mère.

– Tu as pu goûter de vrais hot-dogs ? questionne mon père.

Ils se mettent à parler en même temps, m'empêchant de comprendre ce qu'ils racontent et de leur répondre. Ça me fait sourire et me pince le cœur. Si je suis bien ici, j'aime aussi ma famille. Nous sommes très proches et ne plus les voir aussi régulièrement que d'habitude me comprime la poitrine.

— Tu es dans une écurie ? s'étonne ma mère.

— Non, je suis chez Cameron, les chevaux sont juste derrière, dans ses pâturages.

Je tourne la caméra pour leur montrer de quoi je parle exactement et je me régale de voir leurs regards ébahis. Je devais avoir la même tête lorsque j'ai découvert qu'au pied de la terrasse, à l'arrière de la maison, s'étendaient les terres de Cameron. Lorsque les chevaux sont prêts à rentrer, ou un peu curieux, on pourrait croire qu'ils sont dans la maison tant ils en sont proches.

— C'est magnifique, souffle ma mère.

— Merveilleux, renchérit mon père.

— Pas étonnant qu'elle ne donne pas de nouvelles !

Je tourne la caméra pour qu'ils puissent me voir lorsque j'entends ce reproche adressé à mon paternel.

— Maman, je râle en levant les yeux au ciel, je ne captais pas très bien, je vous l'ai dit.

— Dis plutôt que tu étais trop occupée avec ton cowboy !

Je suis rouge de gêne lorsque je l'entends ainsi parler et mon père se tourne vers elle, offusqué.

— Ça va, ça va, se reprend-elle en balayant l'air de la main. Nous sommes contents si tout se passe bien.

Passant du coq à l'âne, elle ajoute :

— Nous serons là pour venir te chercher à ton retour.

Mon visage doit trahir ce que je ressens car mon père intervient :

— Enfin, si tu es là.

Ma mère se tourne vers lui, les sourcils froncés.

— Comment ça « si elle est là » ? Bien sûr qu'elle sera là ! Pas vrai ? questionne-t-elle en se tournant vers moi.

— Bien sûr, je confirme en ravalant la boule qui a commencé à se former dans ma gorge.

Nous discutons encore quelques minutes, avant que je n'entende le four se mettre à sonner derrière eux. Ils me disent au revoir et mettent fin à l'appel, me laissant seule avec mes questions. Serais-je vraiment de retour à la fin de la semaine ?

Un peu plus tard, alors que l'après-midi bat son plein et que je suis plongée dans ma lecture, il se passe quelque chose d'inattendu. Un petit cri, que je pense alors craintif, me fait sursauter et je relève les yeux de mon livre, cherchant d'où il peut bien provenir. Je me redresse lorsque je l'entends de nouveau, sur ma droite. Mon cœur se met à battre la chamade. Je tourne la tête et soupire de soulagement en constatant que c'est simplement Kaz qui tient une de mes chaussettes dans sa gueule.

Kaz qui tient une de mes chaussettes dans sa gueule !

J'écarquille les yeux en me rendant compte de ce que cela veut dire. Il est entré dans la maison ! Je jubile à cette idée, fière de cette petite victoire. Je suis encore plus contente lorsque je me rends compte qu'il remue la queue, content de lui et qu'il n'attend qu'une chose : que je joue avec lui.

— Eh bien mon vieux, tu es un sacré voleur.

Il relève la tête, me défiant de venir attraper le fruit de son larcin. Je pose mon livre sans me soucier de la page à laquelle j'étais arrêtée. J'ai toujours aimé les animaux, les chiens ayant ma préférence. Que Rufus choisisse mon père comme maître a toujours été une déchirure. Alors que Kaz vienne me narguer me gonfle le cœur de joie. Cela signifie qu'il m'accepte et j'espère que son propriétaire fera de même. Je me lève lentement de mon siège, Kaz se baisse un peu, la queue toujours frétillante et le regard joueur. Une fois debout, j'approche à pas mesurés, ne le quittant pas du regard. Dès que je suis proche, il couine et s'enfuit un peu plus loin.

— Ah tu veux jouer à ça ?

Commence alors un jeu du chat et de la souris entre nous. Kaz me laisse approcher suffisamment pour que je pense, qu'enfin, je vais pouvoir l'attraper, avant de s'éloigner au pas de course. Notre poursuite nous entraîne devant le ranch, dans la grande allée qui mène jusqu'à la maison. Elle dure encore un peu avant que je ne finisse par rendre les armes, épuisée. Je me laisse tomber au sol et détourne le regard, feignant de ne plus m'intéresser au canidé. Assise dans la poussière, j'attends qu'il daigne s'approcher de sa propre initiative. Au bout de quelques minutes, j'obtiens gain de cause ! Rassuré par mon ignorance, Kaz s'approche et dépose la chaussette à mes côtés avant de me renifler. Il doit être convaincu de mes bonnes intentions, puisqu'il finit par se coucher à mes côtés, sa tête sur ma jambe. Je pose alors mon regard sur lui et croise le sien. Son corps remue au même rythme que sa queue. Je souris et le caresse délicatement. Voyant qu'il ne s'enfuit pas, je raffermis les caresses, enfonçant mes doigts dans le pelage rugueux.

— Mon petit pote, il va falloir prendre un bon bain.

Le mot semble le faire réagir puisqu'il redresse la tête. Je ne sais pas si c'est bon signe, mais je prends la décision de tenter l'expérience avant mon départ.

Notre moment de complicité est interrompu par le retour de Cameron. Le pick-up se gare non loin de nous et je suis surprise de constater que Kaz reste à mes côtés, même quand Cameron approche.

— Qu'est-ce qui se passe ? interroge le cowboy en s'approchant.

Il relève son chapeau, comme pour s'assurer qu'il n'est pas en train de rêver.

— J'ai dompté la bête, réponds-je fièrement.

— Je vois ça, répond-il en souriant.

Il m'aide à me mettre sur pieds lorsqu'il arrive à ma hauteur et, de la façon la plus naturelle qui soit, il effleure mes lèvres des siennes. On dirait bien que je n'ai pas apprivoisé que le chien, que le maître est aussi tombé sous mon charme.

— Tu as une aura spéciale, pour réussir à dompter les plus intrépides.

J'enfouis mon visage dans le creux de son cou et souris contre sa peau.

Nous restons dans les bras l'un de l'autre pendant un moment, finalement interrompus par l'intervention de Kaz. Nous tournons notre regard dans sa direction.

— Tu ne vas quand même pas être jaloux ? l'interroge Cameron. Je l'ai vu le premier !

Le ton doux avec lequel il parle à l'animal me réchauffe le cœur. Je ne peux m'empêcher de sourire alors qu'il regarde le chien de sa sœur avec amour. Lorsqu'il se détache de moi pour s'accroupir et que Kaz vient le rejoindre pour obtenir des caresses, la joie me submerge.

— Tu m'as manqué mon vieux, murmure Cameron.

Kaz se presse davantage contre le cowboy. Silencieuse, je me contente de regarder ces retrouvailles inattendues. Le voir renouer avec l'animal, c'est un peu comme s'il renouait avec sa sœur, et je me demande alors comment je vais bien pouvoir monter dans ce fichu avion à la fin de la semaine.

CHAPITRE 20

— Nous aimons beaucoup la tournure que prend votre compte, les photos sont ravissantes et vous parvenez vraiment à capturer l'essence de chaque roman. Si vous acceptez de travailler avec nous...

Observant Kaz jouer un peu plus loin, je n'écoute que d'une oreille distraite la personne à l'autre bout du fil. Je suis contente des éloges qu'elle me fait, mais je n'ai pas la tête à discuter de l'évolution de mon compte Instagram. Je me moque de savoir qu'elle apprécie mes photos et qu'elle veuille travailler avec moi pour mettre en avant leur maison d'édition. J'ai l'impression que ce qui me faisait vibrer avant n'existe plus. Je n'ai pas le goût de rentrer et de reprendre une vie normale, quelconque. Tout ce que je veux, c'est rester ici. Je veux aider Cameron dans son entreprise. Je veux l'aider à accueillir ses futurs clients, accompagner ses futurs élèves. Cela fait quelques jours qu'il vadrouille à droite et à gauche, en plus de son travail au ranch de Jamie, pour mettre en marche son projet. Si le processus est encore long, il est sur la bonne voie pour faire de *Sage Green Ranch* un haut-lieu d'entraînement au rodéo. Je suis certaine qu'Olivia sera la première à signer pour venir s'entraîner ici. Malgré l'antipathie que je ressens envers elle, je ne peux nier qu'elle est douée. Je suis certaine qu'elle rameutera du monde, ne serait-ce que pour faire plaisir à Cameron. Je crois dur comme fer en ce projet, qui me semble bien plus concret que tous les projets que l'on me propose actuellement.

— Lucie ? Vous êtes toujours là ?

— Oui, pardon, j'étais perdue dans mes pensées.

— Déjà en train de réfléchir à votre prochain contenu ? plaisante la jeune femme au bout du fil.

Je lui réponds vaguement. Je fais l'effort d'écouter ce qu'elle a à me dire puis je raccroche, lui promettant de réfléchir à sa proposition. Je connais déjà la réponse : je n'accepterai pas. J'ai en tête d'honorer tous mes contrats actuels jusqu'à leur fin, puis de venir vivre ici, avec Cameron.

Déposant mon téléphone sur la table basse, je me laisse tomber sur le canapé et lâche un profond soupir. Je suis bientôt rejointe par Kaz qui profite de l'absence du maître des lieux pour monter sur le canapé et se blottir contre moi. Sa tête dans le creux de mon cou et le reste de son corps allongé sur le mien, il me partage sa chaleur. Ce dont je n'avais pas forcément besoin avec la température extérieure. Cependant, j'avais bien besoin du câlin qu'il m'offre alors je passe mes bras autour de lui et profite de son étreinte. Nous restons ainsi quelques minutes avant que mon esprit ne se mette à trop tourner. Il faut que je sorte de la maison ou alors je vais devenir cinglée ! Je ne cesse de me questionner sur la meilleure manière d'aborder le sujet avec Cameron. J'ai envie de rester, mais j'ai peur qu'il ne le veuille pas. En peu de temps, j'ai chamboulé toutes ces habitudes.

— Viens Kaz, on va marcher.

Je prends le temps de bien fermer toutes les portes et fenêtres et de gribouiller un mot que je dépose sur le plan de travail. Je ne veux pas que Cameron s'inquiète, au cas où il rentrerait avant moi. Je prends ensuite la direction des plaines. Je passe sous les barrières. Bronx et Jolly viennent me voir, habitués à ma présence. Kaz me suit, mais reste un peu en retrait lorsque les chevaux font leur apparition. Jolly me donne un léger coup de tête. Ces derniers jours, j'ai pris l'habitude de venir les voir avec quelques friandises ; c'est ce qu'elle réclame.

— Je n'ai rien pour toi, ma grande.

La jument renâcle, mécontente, avant de se détourner. Bronx quant à lui me regarde de ses grands yeux noirs. Tout comme son cavalier, il donne l'impression de pouvoir lire en moi. Je lui caresse doucement l'encolure et prend ensuite la route. Je m'avance sur les terres de Cameron, sachant qu'ainsi je ne ferai pas d'impair en me baladant sur la propriété d'un autre cowboy.

Le soleil tape et je suis bien contente d'avoir pensé à prendre mon chapeau. Je ne le quitte plus, tout comme mes bottes. Si au début j'avais un peu de mal à m'y faire, j'ai maintenant adopté le style du coin et je ne me vois pas en prendre un autre. Cette vie, c'est celle que j'ai toujours voulu. Je veux ces grands espaces, je veux voir les chevaux évoluer dans les plaines, je veux regarder les montagnes depuis ma terrasse, je veux observer la nature évoluer au fil des saisons. Le calme qui me semblait si oppressant lorsque je suis arrivée, me rassure et me réconforte maintenant.

Kaz me dépasse en courant, chassant les oiseaux qui s'étaient posés çà et là. Je l'observe en souriant avant de dégainer mon portable et de prendre quelques photos et quelques vidéos pour les envoyer à mes proches. J'en profiterai également pour en mettre de nouvelles sur mon profil. Mine de rien, mon compte évolue doucement. Comme toujours, je ne me prends pas la tête pour le tenir. Si je veille à être régulière dans mes posts – du moins, jusqu'à mon arrivée dans le Montana – je n'ai jamais fait attention à l'harmonie de ceux-ci. Je prends une photo et, si elle me plaît, je la publie. Ce chaos organisé me ressemble et il évolue en même temps que moi. Les paysages de la ville ou de mon appartement laissent place à la verdure du Montana, aux écuries du ranch, au salon douillet de la maison.

Maison dont je suis éloignée depuis un moment maintenant. Autour de moi, il n'y a rien d'autre que de grands espaces. Les quelques chevaux de Cameron ne sont plus visibles, preuve que je me suis aventurée plus loin que je ne pensais, perdue dans mes songes. Je sors mon téléphone pour regarder l'heure et constate que je suis partie depuis plus de deux heures, sans m'en rendre compte ! Je peste contre moi, sachant qu'il faut que je fasse le même chemin en sens inverse. Je rappelle Kaz qui, un peu plus loin, s'amuse à creuser un trou. Il relève la tête, la truffe pleine de terre, et revient vers moi ventre à terre. Il aboie joyeusement lorsqu'il arrive à ma hauteur.

— Il est temps de rentrer !

Nous faisons demi-tour, Kaz courant à en perdre haleine et se retournant régulièrement pour s'assurer que je suis toujours derrière lui. Je presse le pas lorsque je constate que le soleil commence à décliner.

— Merde, pesté-je.

Je sors mon téléphone pour appeler Cameron et le rassurer, à l'heure qu'il est il doit être rentré au ranch. Je ne pensais pas partir si longtemps. J'avais juste besoin de me changer les idées. J'accélère le pas, souhaitant rentrer rapidement. Ce qui m'inquiète le plus, c'est la réaction de Cameron. J'ai peur qu'il croit que je suis partie sans explication. J'espère sincèrement qu'il aura trouvé le mot que je lui ai laissé, ne souhaitant en aucun cas lui faire peur. Je me mets presque à courir et parviens, enfin, aux abords du ranch. La maison se dessine devant moi et j'entends une voix qui s'élève avant de voir Cameron faire les cent pas sur le perron. Il est au téléphone, une main dans les cheveux, le regard fixé au sol. Je ne comprends pas ce qu'il dit, mais je n'en ai pas besoin pour savoir qu'il est inquiet. Kaz se met à aboyer et à courir vers la maison. Son excitation interpelle Cameron qui relève la tête. Il raccroche sans cérémonie lorsqu'il me voit. Ses traits sont durs. Sa mâchoire crispée, ses sourcils froncés. Il descend du perron, saute par-dessus la barrière et vient vers moi d'un pas rapide.

— Je suis tellement déso…

— Mais bordel, où est-ce que tu étais ? me coupe-t-il en me fusillant du regard. Je t'ai cherché partout !

— J'étais juste partie faire un tour, je…

— Il aurait pu t'arriver n'importe quoi !

Ses yeux me clouent sur place. Son index rageur est pointé dans ma direction et il s'approche d'un pas lourd. Lorsqu'il arrive à ma hauteur, je n'ai pas le temps de répliquer ; je suis propulsée contre son torse et il me serre dans ses bras. Je reste là, les bras ballants.

— J'ai eu tellement peur…

Sa voix se brise. Je passe mes bras autour de lui, m'accrochant à son tee-shirt. Il se détache de moi, suffisamment pour prendre mon visage en coupe. Ses pouces caressent mes joues. Il me scrute, s'assurant que je vais bien, qu'il ne m'est rien arrivé pendant mon périple.

— Je suis désolée… je t'ai laissé un mot, sur le plan de travail.

— Quel mot ?

Il fronce les sourcils, ne comprenant pas de quoi je parle.

— Dans la cuisine, je t'ai laissé un mot, expliqué-je.

Il ferme les yeux et secoue la tête.

— Je n'ai pas regardé… Quand j'ai vu que tu n'étais pas dans la maison…

Il baisse la tête et colle son front au mien. Quelle idiote je suis ! J'aurais dû lui envoyer un message avant de partir, il aurait eu plus de chance de le voir.

— J'ai voulu t'appeler, mais il n'y avait pas de réseau, expliqué-je d'une petite voix.

— Je suis désolé de t'avoir crié dessus…

— C'est rien.

— J'ai eu si peur… Je… Je n'ai pas vu ta valise dans la chambre et je pensais que tu étais déjà partie. J'ai appelé Jamie et Sarah, ils ne savaient pas où tu étais. Je…

— Tu as cru que j'étais partie sans rien dire ?

Il hoche la tête. C'est à mon tour de poser mes mains contre ses joues. Je l'oblige à me regarder et plonge mes yeux dans les siens avant de le rassurer :

— Je ne vais pas partir sans un mot, tu ne vas pas me perdre.

Je pose mes lèvres sur ses joues, sur son front, sur le bout de son nez, sur ses lèvres. Chacun de mes baisers est ponctué de la même phrase, rassurante, sincère. J'espère qu'il me croie, que ce ne sont pas des mots en l'air. Nous restons ainsi, debout dans la pâture, dans les bras l'un de l'autre, pendant un moment. Lorsque je me mets à frissonner, Cameron passe un bras autour de mes épaules et nous prenons la direction du ranch.

— Et si on retournait à l'intérieur ?

J'accepte sans hésiter.

Cameron me suit dans la salle de bains. Le tuyau d'arrosage des premiers jours a laissé place à une vraie cabine de douche, installée pendant mon séjour. Nous y pénétrons tous les deux après nous être déshabillés sans nous quitter du regard. L'eau chaude décontracte mes muscles et me soulage de cette longue marche. Je regarde les gouttes se frayer un chemin entre les muscles sinueux de Cameron, descendant toujours plus bas. Nous apprécions la vue l'un de l'autre, mais nous réprimons le désir qui nous submerge.

Nous finissons par sortir de la douche et nous enroulons chacun dans une serviette. Nous nous séchons rapidement avec d'enfiler des vêtements propres.

— Ça te dirait de sortir ? propose Cameron alors que je boutonne mon jean.

— Tout dépend d'où tu veux m'emmener, réponds-je avec un sourire aux lèvres.

La vérité, c'est que je le suivrais n'importe où.

— Chez Sally, répond-il en souriant lorsqu'il monte à mes côtés dans le pick-up.

— Parfait !

Je suis sincèrement contente de retourner dans le petit restaurant qui nous a accueilli lors de mon arrivée. J'ai le sentiment que cela fait une éternité que nous n'y avons pas mis les pieds et, étrangement, cela me manque.

Les doigts de Cameron trouvent les miens et nous restons ainsi, main dans la main, pendant tout le trajet qui nous conduit en ville. Nos mains restent jointes lorsque nous entrons dans le restaurant et Sally, qui nous remarque dès notre entrée, sourit en posant les yeux sur elles.

— Je me doutais bien que ça allait finir par arriver, nous salut-elle en arrivant à notre hauteur, venez les enfants !

Elle nous conduit vers une table à l'écart, dans une petite alcôve. Elle semble avoir compris que cette soirée est un peu spéciale pour nous.

Durant le repas, nous ne nous quittons pas des yeux, touchant à peine à nos assiettes. Depuis mon retour, il plane entre nous une atmosphère électrisante. Chaque regard, chaque effleurement, est la promesse d'une intimité qu'il me tarde de retrouver.

— Et si on prenait le dessert à la maison ?

J'acquiesce à la question de Cameron, ne tenant plus. Sally a la décence de ne faire aucune remarque, bien que l'éclat de ses pupilles me fait comprendre qu'elle sait très bien ce qui nous attend une fois au ranch.

Sur le parking, Cameron me plaque contre le pick-up et fond sur mes lèvres. Tout son corps est contre le mien, ne laissant aucune place à l'imagination. Ses lèvres sont douces, joueuses. Sa langue caresse la mienne et ses mains se posent sur mes côtes, juste sous mes seins. Il les effleure de ses pouces et aspire le gémissement qui m'échappe.

— Tu m'as manqué aujourd'hui, souffle-t-il en détachant ses lèvres des miennes.

— Tu m'as manqué, confirmé-je.

Il m'embrasse de nouveau et ce sont les sifflements dans notre dos qui mettent fin à notre étreinte. Cameron pose son front contre le mien, rougissant et souriant.

— Tu me fais faire n'importe quoi, chuchote-t-il.

— Je n'y suis pour rien, si tu es un vrai dévergondé !

Il rit légèrement puis se détache de moi. Il m'ouvre la portière, la referme lorsque je suis installée et vient vite prendre place à mes côtés.

— Rentrons à la maison.

— Tu as une idée en tête ? questionné-je en me tournant vers lui, me mordant la lèvre inférieure.

— J'en ai des tonnes.

Il met le contact et s'empresse de quitter la place de parking.

Une fois au ranch, nous reprenons là où nous avons été interrompus.

Nous trouvons rapidement le chemin de la chambre, nos vêtements, celui du sol. La chaleur de Cameron se noue bientôt à la mienne, rendant l'atmosphère de la chambre délicieusement étouffante. Ses caresses me font frissonner tout comme elles me réchauffent. Mon esprit s'égare, vole au-dessus de nous. Je ne sais plus où mon corps commence, où il se termine. Celui de Cameron me recouvre, se presse contre moi, m'enferme dans une étreinte passionnée, renversante. Elle me fait tout oublier pendant un instant. Mais, lorsqu'elle se termine et que nous reprenons nos souffles, qu'il se lève pour aller dans la salle de bains, je ne peux m'empêcher de penser qu'elle avait un goût d'au revoir.

CHAPITRE 21

Le vent qui vient jouer dans mes cheveux me fait frissonner. Mes mèches, bien que retenues par mon chapeau, viennent se coller sur mes lèvres sèches, que j'humidifie régulièrement du bout de ma langue. Jolly renâcle, impatiente de reprendre la route. Je souris lorsqu'elle tire sur les rênes. Cameron, un peu plus loin, continue de vérifier que la réparation sommaire de la clôture tiendra.

— Il faudra que je revienne consolider le tout, soupire-t-il en arrivant à mes côtés.

Il saute d'un geste fluide sur le dos de Bronx et attrape ses rênes.

— Pour le moment, il faut qu'on y aille si tu ne veux pas louper ton avion.

— Et si j'ai envie de le louper ?

Ma question quitte la barrière de mes lèvres sans que je puisse la retenir. Cameron sourit et, comme à son habitude, baisse la tête. La visière de son Stetson cache alors son visage. Je n'ai qu'une envie : sauter du dos de Jolly, retirer son maudit couvre-chef au cowboy et affronter son regard. Nous avons à peine échangé un mot depuis hier soir, comme si nous étions tout à coup devenus deux étrangers l'un pour l'autre. La gêne qui aurait dû être présente à mon arrivée, celle qui aurait dû me faire rebrousser chemin et m'enfuir de ce ranch, loin de cet inconnu, s'est faufilée entre nous. J'attends qu'il réponde, qu'il montre que les semaines qui viennent de s'écouler ne sont pas qu'un rêve. Je ne peux pas avoir rêvé l'affection dans son regard, dans ses gestes. Je ne peux pas être tombée dans un piège. Mais il ne répond pas, il tourne bride et retourne vers le ranch sans prendre la peine de regarder si je suis derrière lui. Je me mords la lèvre inférieure, dévastée. Je talonne Jolly sans entrain et la jument se met en marche, regagnant la propriété à la suite de Bronx.

Cameron est déjà dans l'écurie lorsque j'arrive.

— Va finir tes bagages, je m'occupe de Jolly.

— Je peux le faire, je réponds d'une voix plus sèche que je n'aurais souhaité.

Je regagne le box de la jument et enfoui mon visage dans son encolure. Je retiens difficilement mes larmes, attristée par mon départ et l'attitude de Cameron. J'essaie de me raisonner, de me dire que ça n'a rien à voir avec moi, qu'il associe mon départ avec celui de sa sœur, avec sa peur de l'abandon… Tous mes encouragements muets sont vains, ma peine est bien trop forte.

Je me perds dans les soins prodigués à Jolly. Je veille à la brosser minutieusement, comme si Cameron allait finir par oublier qu'il doit me conduire à l'aéroport. Il n'est pas tard, mon vol décolle dans la soirée. Pourtant, lorsque je l'entends arriver dans mon dos, je pressens que je ne vais pas aimer ce qu'il va me dire.

— Va prendre une douche, je m'occupe du reste. Je m'occuperai de ta valise, tu n'as qu'à la laisser dans la chambre.

Je me retourne prestement, des éclairs dans les yeux.

— Tu es si pressé que ça de me voir partir ?

— Lucie…

Il passe une main sur sa nuque, gêné.

Je serai presque triste de le voir ainsi. Il me donnerait presque l'impression de ne pas savoir comment réagir à la situation. Je ne lui laisse cependant pas dire un mot de plus. Je plaque violemment la brosse de Jolly sur son torse et me précipite en dehors du box, furieuse. Je ne prête presque pas d'importance aux frissons qui me parcourent l'échine lorsque nos peaux s'effleurent. Retenant difficilement mes larmes, je me dirige vers la maison, ignorant Kaz qui vient trotter à mes côtés. Le parquet grince sous mes pas à mesure que j'avance vers la chambre. J'attrape mes affaires dans le désordre, les rangeant sans soin.

GWEN – J'ai tellement hâte de te voir ! Je suis sûre que tu as plein d'histoires à me raconter !

Mon téléphone vibre à quelques reprises, m'informant que, comme à son habitude, Gwen me bombarde de notifications. Elle n'a jamais su n'envoyer qu'un seul message pour me parler, il faut toujours qu'elle en envoie une ribambelle.

MOI – J'ai hâte de te voir. Je te dis quand je monte dans l'avion.

Je ne réponds qu'à son premier message, ne prenant pas la peine de lire les autres, et range mon téléphone dans mon sac. Je l'entends sonner de nouveau, mais je n'ai vraiment pas la force de répondre. Je referme ma valise. Mon Stetson dans la main, je me rends compte qu'il ne passera jamais et je n'ai pas envie de l'abîmer. Je laisse également derrière moi les livres qui ne rentrent pas dans mon bagage, il n'aura qu'à en faire ce qu'il veut. Mes bottes non plus ne passeront pas. Je laisse le tout sur le lit, espérant ainsi que Cameron se rende compte que ma place est ici, que ces semaines ensemble nous ont changé, qu'on le veuille ou non.

— Tu es prête ?

Je regarde à peine Cameron en sortant de la chambre. Je hoche la tête et je l'entends se déplacer. Je pense d'abord qu'il va venir près de moi, qu'il va me prendre dans ses bras et me demander de rester, mais il se contente de passer à mes côtés pour rentrer dans la pièce que je viens de quitter. Quelques instants plus tard, il revient avec ma valise à la main.

— Tu as laissé ton chapeau et tes bottes…

Il semble surpris que je ne les reprenne pas avec moi. Mon regard se pose enfin sur lui. Ça me fait mal de le voir là, debout dans la cuisine, ma valise à la main.

— Ce n'est pas la seule chose que je laisse.

Il ouvre la bouche puis la referme, comme si les mots ne parvenaient pas à franchir ses lèvres. Je laisse échapper un rire sans joie.

— Allons-y, je vais finir par rater cet avion.

Sans un mot de plus, je quitte la cuisine. Cameron met quelques secondes à me rejoindre. Je grimpe dans le pick-up sans attendre, tournant mon regard vers le ranch qui m'a accueilli ces dernières semaines. Cameron me rejoint après avoir mis ma valise dans le coffre.

— Lucie, écoute, je…

— Je n'ai pas envie d'en parler. Tu as été très clair.

S'il a peur que je l'abandonne, je n'ai pas envie d'entendre ses raisons. Je n'ai pas besoin de me prendre en pleine figure pourquoi il ne veut plus de moi ici. Il n'insiste pas et me confirme ce que je pensais. Il met le contact en soupirant et le pick-up s'élance dans l'allée.

Le reste du trajet se passe dans un silence inconfortable durant lequel je retiens mes larmes avec difficulté. Je pensais avoir trouvé ma place lorsque j'ai emménagé à Arras. Je me suis installée un petit cocon, me suis fait quelques amis et m'épanouissais dans mon travail. Quand je suis arrivée dans le Montana, je me suis rendue compte à quel point je me trompais. Je ne pensais pas qu'un endroit dans lequel je n'avais jamais mis les pieds, dans lequel je n'envisageais jamais d'aller, puisse autant me correspondre.

Je ne pensais pas tomber amoureuse de ces grands espaces, de la tranquillité de la vie au ranch, de Kaz, de Cameron. Je ne m'attendais à rien d'autre que vivre une belle aventure lorsque je suis arrivée. Je ne pensais pas repartir en ayant l'impression que l'on m'arrache une partie du cœur.

L'aéroport se dessine bien trop vite à l'horizon.

Malgré ma peine, je n'ai pas envie de quitter Cameron tout de suite. J'ai encore envie de sentir sa présence à mes côtés. J'ai encore envie de sentir son odeur et sa chaleur m'englober. J'ai envie qu'il fasse demi-tour sur le parking, grommelant un « et merde » et qu'il me ramène au ranch où nous resterons enfermés jusqu'à ce qu'on vienne nous chercher. J'ai envie qu'il se montre aussi entreprenant qu'il a pu le faire ces derniers jours. Qu'il sorte de la coquille dans laquelle il vient de se renfermer.

Le pick-up s'immobilise. Nous restons silencieux un instant avant que Cameron ne tapote le volant, soupire puis sorte de la voiture. Il vient m'ouvrir la porte et m'aide à descendre. Je me détache de lui comme si son toucher m'avait brûlée.

— Lucie, s'il-te-plaît…

Je tourne un regard plein de larmes vers lui.

— C'est bon Cam, je peux prendre ma valise et me débrouiller maintenant.

Sa mâchoire se contracte et sa poigne se referme autour de mon bagage. Au moins le message est clair, il me raccompagne jusqu'au hall pour s'assurer que je prenne bien ce foutu vol ! Comment l'ambiance a-t-elle pu autant changer en si peu de temps ?

Entre nous ne s'élève que le roulement de ma valise sur le macadam endommagé. L'aéroport est dans le même état que lorsque je suis arrivée. Rien ne semble avoir changé ici, alors qu'en moi tout est chamboulé. Je vais enregistrer mon bagage, Cameron sur les talons. Il met du cœur à s'assurer que je parte. Lorsque je m'apprête à passer les portes pour rejoindre la salle d'attente avant l'embarquement, sa main se pose sur mon poignet et m'oblige à me retourner. Le temps semble s'écouler lentement pour moi alors que les autres passagers continuent leur route comme si de rien n'était. Leur vie n'est pas sur le point d'être renversée, apparemment.

— Lucie, s'il-te-plaît, ne pars pas comme ça.

Pas « *ne pars pas* » mais « *ne pars pas comme ça* ».

— Qu'est-ce qu'il y a Cameron ?

— Je ne veux pas que tu partes en étant triste.

Il essuie les larmes qui se sont enfin échappées.

— Alors demande-moi de rester, supplié-je en plongeant mon regard dans le sien.

Ses mains restent sur mes joues, ses pouces essuyant mes larmes au fur et à mesure. Il ne répond pas.

— Demande moi de rester, supplié-je à nouveau.

Ses yeux scrutent les miens, mais ses lèvres restent hermétiques.

Je ravale mes larmes, me détache de lui et essuie mes joues d'un geste rageur.

— Merci de m'avoir accueillie. C'était un chouette séjour.

Sur ces mots, je tourne les talons et m'enfuie presque en courant, hors de sa portée, hors de son regard. Loin de cette vie que je n'espérais pas et qui s'est tout de même présentée à moi.

MOI – Je suis dans l'avion. On décolle dans une vingtaine de minutes.

GWEN – Tout va bien ?

Je fixe mon écran quelques secondes. Les heures qui viennent de s'écouler m'ont paru interminables. Je n'ai pas cessé de repenser à nos journées au ranch et au rodéo, à analyser tout ce qui s'est passé pour essayer de comprendre ce qui aurait pu le faire changer d'avis. Il m'avait semblé plus ouvert, enclin à me faire une place dans sa vie. Peut-être ai-je été trop naïve ? Peut-être aurions-nous dû davantage communiquer ? Je me suis bêtement cru dans un roman d'amour. Je pensais, stupide que je suis, qu'il me retiendrait et me déclarerait sa flamme au beau milieu de l'aéroport. On ne change pas les gens, on ne les force pas à devenir ce qu'ils ne sont pas. Et Cameron n'est pas prêt à laisser quelqu'un entrer dans sa vie pour le moment, malgré tous les efforts qu'il fournit pour y parvenir.

MOI – Non Gwen. Rien ne va.
GWEN - ???
MOI – J'ai le cœur en miettes.

Je mets mon téléphone en mode avion, comme vient de le demander l'hôtesse. Je ne verrai la réponse de mon amie qu'une fois arrivée à mon escale.

Si à l'allée j'avais peur de me jeter dans l'inconnu, au retour j'ai peur de retrouver ma vie et de me rendre compte à quel point elle est insipide sans lui. C'est possible ça, de s'attacher à un inconnu en seulement quelques jours ?

D'avoir l'impression de trouver sa place, puis de ne plus savoir respirer quand il est loin de nous ?

CHAPITRE 22
CAMERON

Reste.

Reste.

Reste reste reste reste reste reste reste reste reste.

Reste.

CHAPITRE 23

— Ma chérie !

Ma mère bouscule presque les gens qui se tiennent entre nous pour arriver jusqu'à moi. Elle me prend dans ses bras et me serre contre elle, se fichant qu'elle soit en train de m'étouffer.

— Je suis contente de vous voir.

Un sourire factice plaqué sur mes lèvres, je salue enfin mon père quand ma mère me laisse tranquille. Ce dernier attrape ma valise et nous quittons le hall de la gare.

Mon voyage retour s'est fait dans le flou le plus total. En plus du décalage horaire, les nombreuses larmes que j'ai versé le plus silencieusement possible pendant le vol m'ont éreintée. J'ai le cœur en miettes, mais il n'est pas question que mes parents s'en rendent compte. Je suis partie pour vivre une aventure, elle a pris fin, il n'y a rien de plus à dire.

— On a invité toute la famille à manger ce midi ! Tout le monde a hâte de t'entendre raconter ton séjour.

Je me retiens de grogner, mais pas de lever les yeux au ciel.

— Maman…

— Je t'avais dis qu'il fallait lui laisser le temps d'arriver avant de la jeter dans la fosse aux lions, râle mon père.

— Ne dis pas de bêtises, une bonne sieste et c'est reparti !

Je les laisse se chamailler jusqu'à la voiture. Leur amour a toujours été une source d'inspiration pour moi. Petite, je n'avais pas besoin de lire des romans d'amour ou des contes de fées pour rêver du prince charmant. Il suffisait que je lève la tête pour voir mon père prendre ma mère dans ses bras, avec quel soin il épluche ses clémentines en hiver. Je n'avais pas besoin d'aller bien loin pour constater que la princesse aussi s'occupe bien du prince. Il me suffisait d'entrer dans le salon après le repas pour voir ma mère tendre une tasse de café à mon père, de rentrer avant lui le soir pour la voir guetter son arrivée et s'assurer qu'il était bien rentré. Cet amour inconditionnel, ils nous l'ont partagé à ma sœur et à moi. Nous avons grandi dans un foyer aimant et n'avons jamais eu à avoir peur de nous retrouver seules. Comme les Mousquetaires, c'est un pour tous et tous pour un.

Mais aujourd'hui, malgré tout l'amour dont je suis entourée, mon cœur saigne.

Le regard tourné vers la vitre, je regarde le paysage défiler. De l'agitation de Lille, nous passons bientôt au tumulte de l'autoroute avant de retrouver le calme relatif de la ville arrageoise. La maison de mes parents se dessine devant nous et, aux nombreuses voitures garées çà et là dans la rue, je comprends que ma mère ne mentait pas quand elle a dit qu'elle avait invité toute la famille.

— Tu aurais au moins pu me laisser le temps de prendre une douche, dis-je en sortant de ma torpeur.

J'essaie d'adopter un ton léger pour faire comprendre que je plaisante, même si en réalité j'aurais préféré m'enterrer dans mon appartement et ne plus voir personne pendant des semaines.

— Dis simplement bonjour avant d'aller en prendre une, ils comprendront.

Ma mère balaye l'air de la main, le sujet est clos. Je croise le regard de mon père dans le rétroviseur et il me sourit. A-t-il compris, lui, malgré mon sourire, à quel point je ne suis plus la même qu'avant mon départ ?

Les membres de ma famille me tombent pêle-mêle dans les bras lorsque j'ouvre la porte. Le sourire qui prend place sur mes lèvres n'est pas factice à cet instant. Je suis sincèrement contente de les voir et de constater qu'ils ont fait le déplacement pour fêter mon retour. Je les salue tous, prends le temps de faire la bise à chacun et d'échanger un mot avec eux avant de m'éclipser pour prendre une douche. J'essaie de ne pas laisser mes pensées s'évader vers le Montana, vers la salle de bains de Cameron. Celle qu'il a pris le temps d'aménager lors de mon séjour pour que je n'ai pas à prendre ma douche au jet d'arrosage pendant la durée de mon voyage.

J'essuie la buée du miroir avec ma main et croise mon regard. Je fais peur à voir, mais les cernes qui cerclent mes yeux peuvent facilement se confondre avec la fatigue du décalage horaire.

Une fois à table avec les autres, l'énergie qu'ils mettent à vouloir connaître le moindre détail de mon voyage me fait oublier la douleur que je ressens et je ris franchement. Pendant un instant, j'oublie que tout s'est terminé brutalement. Ils n'y peuvent rien, si je me suis fait des idées. Si j'ai cru voir dans les gestes quotidiens de Cameron ce que j'avais envie de voir. Je n'ai pas su interpréter la situation. Je me suis laissé bercer d'illusions.

— Tu as une mine affreuse, me dit ma sœur alors que nous apportons des assiettes sales dans la cuisine.

— Je suis fatiguée du voyage, mens-je.

Mathilde croise les bras et me sonde du regard.

— Je ne te crois pas une seule seconde.

Je soupire et passe une main sur mon front.

— Que veux-tu que je te dise ? Je suis fatiguée…

— C'est tout ?

Elle quitte son attitude scrutatrice pour se rapprocher de moi.

— Tu sais que tu peux tout me dire, n'est-ce pas ?

— Je sais…

Ma voix se brise.

Mathilde n'attend pas plus longtemps pour me prendre dans ses bras. Elle se balance doucement, à un rythme qu'elle seule entend. Sa main frotte mon dos de haut en bas et je niche mon visage dans son cou, inspirant son odeur. Je n'ai plus de larmes à verser pour aujourd'hui.

— Que s'est-il passé ?

Gwen est la seule personne à qui j'ai parlé de ma rupture avec Cameron – si l'on peut parler de rupture, ne faut-il pas avoir été en couple pour cela ?

Pourtant, lorsque ma sœur se détache de moi et plonge son regard dans le mien, je n'ai plus le choix. Je sais qu'elle lit en moi comme dans un livre ouvert et qu'elle comprend que je garde en moi quelque chose qui me fait souffrir.

— Je… il…

— Je suis désolée, dit-elle en voyant que je peine à parler.

— Il ne m'a pas demandé de rester.

Alors que je pensais que je n'avais plus de larmes à verser, mes yeux se remplissent de nouveau.

— Je pensais que j'avais réussi à faire tomber quelques-unes de ses barrières, que si nous passions plus de temps ensemble j'arriverai à faire en sorte qu'il s'ouvre davantage, je…

— Lucie, me dit fermement Mathilde en posant ses mains sur mes joues, tu ne peux pas demander aux gens de changer en si peu de temps. Tu ne peux même pas leur demander de changer tout court. C'est aux autres de faire cet effort, d'avoir le déclic. J'ai vu les photos que tu as posté sur ton compte, j'ai vu celles que tu as montré tout à l'heure. Crois-moi quand je te dis qu'un homme ne regarde pas une femme comme Cameron le fait s'il ne ressent rien pour elle.

— Mais…

— Mais il n'était pas encore prêt, Lucie. Je t'aime, tu es ma petite sœur, l'emmerdeuse qui m'a privé de rester fille unique et j'ai fait vœu d'être la seule à pouvoir te pourrir la vie.

Je ris, me souvenant de ce pacte stupide et de sa revendication. Nous étions en primaire et, alors qu'un garçon de ma classe n'arrêtait pas de m'embêter, elle est allée le trouver pour lui dire qu'une seule personne au monde était autorisée à m'embêter et que c'était elle. Depuis, on ne m'a plus jamais chercher d'ennuis à l'école. Mathilde était toujours dans les parages pour s'en assurer. Elle, en revanche, n'a pas cessé de m'en faire voir de toutes les couleurs. Mais peu importe le nombre de fois où elle a essayé de me piéger pendant notre enfance, elle a toujours été là pour moi.

— Tu es débordante d'énergie et tout le monde n'arrive pas à suivre le rythme.

Elle a raison.

Je suis venue de France avec mes gros sabots, dans l'espoir de vivre une aventure hors du temps et j'ai fini par me brûler les ailes. Je ne m'attendais pas à tomber amoureuse. Je pensais, à la rigueur, faire une belle rencontre, découvrir de nouvelles personnes qui deviendraient mes nouvelles amies. C'est ce qui est arrivé, en partie.

— Prends le temps de rentrer, de te poser, et contacte-le.

Mathilde fronce les sourcils.

— Quoi ?

— Je ne peux pas le contacter.

— Pourquoi ?

Ses yeux s'écarquillent.

— Oh non.

Elle se recule et se pince l'arrête du nez en fermant les yeux.

— Ne me dis pas que tu as fait une connerie pareille.

Je baisse les yeux, honteuse, avant de hocher la tête.

— Mais ce que tu peux être bête ! Spontanée et bête. Une vraie tête de mule !

Elle se met à faire les cent pas dans la cuisine, parlant pour elle-même.

— Pourquoi ?

Je soupire.

— J'étais triste ! Il venait de me dire qu'il ne voulait pas que je reste. On a vécu des semaines intenses tous les deux et je me suis emballée. Je... j'ai cru qu'il voudrait que nos vies changent totalement. Les signaux me montraient que...

Je m'arrête brusquement.

— Je suis vraiment débile.

— Je ne te le fais pas dire ! Ce pauvre gars habite tout seul dans un ranch perdu au milieu de nulle part. Il te fait de la place dans sa vie. Place qui, si j'ai bien compris, était trop petite donc tu as fait en sorte de l'agrandir un peu. Il te fait comprendre qu'il tient à toi, mais qu'il n'est pas encore prêt à s'engager – même si entre nous je pense surtout qu'il ne voulait pas te poser d'ultimatum en te demandant de choisir entre lui et ta famille, et qu'est-ce que tu fais ? Tu supprimes son numéro au premier moment venu ?

— Je...

C'est exactement ce que j'ai fait.

J'ai supprimé son numéro dès que j'ai passé les portes de sécurité.

Je n'ai jamais été très rationnelle lorsque je suis triste et je suis du genre à couper les ponts dès que l'on me tourne le dos. À défaut, cela dit.

— Bon, je suis sûre qu'on peut trouver une solution. Il doit bien y avoir un téléphone au ranch. Avec un peu de jugeote, on va…

Mathilde ne termine pas sa phrase, notre mère entre dans la cuisine.

— Ah vous voilà ! On vous attend pour le dessert. Vous deviez seulement ramener les assiettes sales, pas tenir un conseil d'État.

Nous échangeons un regard entre sœurs et suivons notre mère dans la salle à manger.

Les mots de ma sœur résonnent en moi tout l'après-midi et je me promets que, dès que je mets un pied à l'appartement, je cherche comment joindre Cameron.

CHAPITRE 24

— Tu comptes défaire ta valise un jour ou tu vas la regarder traîner dans un coin de ta chambre jusqu'à la fin des temps ?

— Deuxième option.

Je ne lève même pas la tête pour répondre à Gwen qui, assise à mes côtés sur mon lit, regarde le bazar qui règne dans la pièce. Je suis rentrée depuis deux jours et j'ai été incapable de sortir de mon lit, dans lequel je me suis effondrée dès mon retour de chez mes parents. La première journée, je l'ai passée à dormir. Le décalage horaire ayant eu raison de moi. La deuxième, à ruminer sur mon sort. Mes recherches sont restées infructueuses pour retrouver Cameron. Je n'ai même pas réussi à mettre la main sur Jamie alors que, entre les deux, c'est lui qui maîtrise le plus les réseaux sociaux.

— Meuf, tu ne peux pas rester dans cet état.

— Je souffre, je te ferai dire.

— Ouais, et c'est entièrement ta faute parce que tu as supprimé son numéro dans un moment mélodramatique. À croire que tu es l'héroïne d'un film à l'eau de rose. Dans la vraie vie, on attend avant de prendre ce genre de décision.

Je me redresse sur mes coudes pour lui tirer la langue. Voyant qu'elle ne flanche pas – pire, elle croise les bras sur sa poitrine – je lève les yeux au ciel et soupire.

— OK, OK, je sors du lit.

Joignant le geste à la parole, je m'extirpe du confort de mon matelas.

— La douche était en option, apparemment.

Gwen se bouche le nez et passe sa main devant son visage pour chasser l'air.

— T'es dure, ce n'est pas comme si j'étais restée sous la couette pendant une semaine.

— Va te doucher, ensuite on sort. Il faut que tu prennes l'air avant de t'attaquer au rangement.

— Je n'ai pas envie de sortir…

— Et moi je n'ai pas fait toute cette route pour te voir te morfondre.

— Tu avais un événement sur Lille, ce n'est pas comme si je t'avais forcé à venir jusqu'ici, je marmonne.

— Va te doucher ! m'ordonne-t-elle.

Grommelant, je me rends dans la salle de bains.

— Quelle horreur, je lâche en découvrant mon reflet.

Malgré la journée passée à dormir, j'ai des cernes immenses qui me mangent la moitié du visage. Mon teint est terne, mes pores dilatés.

Je remédie au problème en passant de l'eau froide sur mon visage, finissant ainsi de me réveiller, puis je passe sous la douche. Je prends du temps pour me faire un gommage et un masque. Je lave mes cheveux avec minutie avant de quitter la chaleur de la douche et de m'enrouler dans une serviette. J'ai l'impression de reprendre vie en sortant de la salle de bains.

— Tu as meilleure mine, confirme Gwen.

Elle m'accueille d'un chaleureux sourire et se redresse alors qu'elle était occupée à rassembler tous les colis que j'ai reçus pendant mon absence en une pile organisée près de mon bureau.

— Merci.

— Allez viens, on sort faire un tour.

Je n'ai pas envie de sortir. Même si je suis physiquement revigorée, mon esprit plane toujours à des milliers de kilomètres. Gwen doit sentir mon hésitation, puisqu'elle attrape mon sac et me prend par le bras pour me forcer à quitter mon appartement.

*

Assises à la terrasse d'un café au pied de mon immeuble, nous observons les arrageois et les touristes arpenter le centre-ville. Tout me paraît plus petit maintenant que j'ai quitté le Montana. Cette ville que j'aimais tant, ces pavés que j'affectionnais, ce beffroi que je chérissais, tout m'oppresse.

— Je pense que je vais rentrer.

Gwen tourne le regard dans ma direction. Elle ne semble pas surprise par mon annonce.

— Tu sais, tu peux toujours retourner dans le Montana pour aller le voir.

— Et si je fais la route et qu'il ne veut pas me voir ?

— Ça, tu ne le sauras que si tu le confrontes. Vous n'avez pas vraiment discuté de la situation. Ce n'est pas toi qui me dit toujours que, ce que tu détestes le plus dans les romans, c'est le manque de communication ?

— Tu as raison.

Je me lève précipitamment, manquant de renverser notre table.

— Merci Gwen, tu es vraiment la meilleure !

— Je ne fais que mon devoir, dit-elle en hochant la tête, comme si elle était dotée de la sagesse d'un moine tibétain.

Je claque deux bises sur ses joues et file dans mon appartement.

Je monte les escaliers en quatrième vitesse, finit totalement essoufflée devant ma porte d'entrée, prends le temps de reprendre mon souffle et insère la clé dans la serrure. Je me prends les pieds dans le tapis, manque de m'écrouler sur mon canapé, parviens à me retenir et pénètre enfin dans la chambre. Je jette la valise sur mon lit défait et l'ouvre en grand. Les vêtements volent de droite à gauche, s'amoncelant sur le sol. Je n'ai pas une minute à perdre pour…

Je me stoppe net.

— Qu'est-ce que…

Les larmes me montent aux yeux à l'instant où ils se posent sur Cowbie.

J'attrape la peluche et la serre contre moi. Elle sent encore l'odeur de Cameron. Trop occupée à retenir mes larmes dans le pick-up, je n'avais pas remarqué qu'il avait enlevé Cowbie du tableau de bord.

Continuant à inspecter ma valise, je tombe alors sur une lettre, glissée entre deux tee-shirts. La main tremblante, je l'ouvre sans parvenir à déchiffrer ce qui y est inscrit. Mes larmes me brouillent la vue, m'empêchant de découvrir la missive qui attend dans ma valise depuis plusieurs jours. J'inspire profondément, tentant de contrôler ma respiration et mes pleurs.

Ma Lucie,

Tu sais à quel point c'est difficile pour moi de m'ouvrir aux autres. Pourtant, avec toi c'était facile. Je n'avais pas besoin de réfléchir, pas besoin de faire des efforts. Tu es entrée dans ma vie sans que je m'y attende, tu y as pris une place importante et tu as bousculé toutes mes habitudes en peu de temps.

Je ne peux pas imaginer une vie sans toi, mais je ne peux pas te demander de rester et de sacrifier tes rêves. Je veux que tu puisses faire tes propres choix, pas que tu restes parce que je te l'ai demandé et que tu te sentes obligée de le faire. De tous tes rêves, j'espère qu'il y en a un sur nous, et j'attendrai ton retour aussi longtemps qu'il le faut.

Peu importe où tu es
Peu importe à quel point tu t'éloignes de moi
Tu me manqueras toujours

Tu n'es pas qu'une partie de mon cœur,
Tu es toute mon âme.

Je n'ai pas su te le dire, pas su te retenir, alors j'espère parvenir à te l'écrire.

Peu importe que ça te prenne une semaine, un mois, un an ou toute une vie.
Je serai là pour toi si tu décides de revenir.

Avec tout mon amour,
Cameron.

Comment peut-il me faire un coup pareil ? Comment peut-il m'écrire la lettre la plus belle qui soit sans me laisser l'occasion de lui répondre ? Pourquoi ne pas me l'avoir donnée avant mon départ ?

Forte d'une nouvelle détermination, je finis de défaire ma valise. J'attrape le tas de linge, le fourre dans la machine puis dans le sèche-linge avant de tout remettre pêle-mêle. Ensuite, je réserve un billet d'avion. Les prix sont astronomiques, mais je ne réfléchis pas une seule seconde avant de valider ma commande.

MOI – Tu peux m'emmener à l'aéroport demain ?
MATHILDE – Dis-moi l'heure et je serai au rendez-vous.
MOI – Tu es la meilleure !

Il ne me reste plus qu'à attendre demain matin pour retrouver mon destin.

CHAPITRE 25

J'ai l'étrange sentiment d'être partie depuis des semaines et de n'avoir jamais quitté les lieux. C'est un mélange détonnant, qui me donne presque le tournis alors que je récupère ma valise. La fatigue accumulée ces derniers jours me donne le tournis et j'avance dans un brouillard épais, bougeant par automatisme. Récupérer ma valise. Aller dans le hall. Trouver un taxi. J'effectue le tout sans m'en rendre compte et suis contente que le nom de Cameron soit connu. Ne connaissant pas son adresse exacte, sachant seulement le nom du ranch, c'est une bénédiction que je rejoigne le cowboy le plus connu du coin.

— D'où vous connaissez M. Darling ?

Je me raccroche à la réalité en répondant à la question de mon chauffeur.

— Je suis une de ses amies.

Il me jette un regard dans le rétroviseur, jaugeant la véracité de mes paroles.

— Ça fait longtemps que vous ne l'avez pas vu ? Je me rappelle pas de vous avoir déjà vu dans le coin.

Je souris à cette remarque. Aussi étendu qu'il soit, le Montana semble être une grande et même famille. Dans ce coin reculé des États-Unis, près de Bigfork, c'est comme si tout le monde se connaissait.

— Ça fait un moment, oui.

Je ne mens pas, chaque seconde passée loin de Cameron est équivalente à une année. Comme si nos âmes s'étaient toujours connues.

— Hmm.

C'est la seule réponse que j'obtiens avant qu'il ne reporte sa totale concentration sur la route. Le trajet est long, interminable. J'ai plus de temps qu'il ne m'en faut pour imaginer nos retrouvailles. De joyeuses elles passent à catastrophiques. Tantôt Cameron m'accueille à bras ouverts, tantôt il me rejette comme la plus sale des chaussettes de la pile.

Je secoue la tête pour chasser ces pensées de mon esprit.

La lettre entre les mains, je la relis jusqu'à en avoir mal aux yeux. À quoi me serre de me triturer les méninges lorsque j'ai la preuve qu'il m'aime et qu'il ne voulait pas me voir partir ?

— Vous êtes arrivée.

Je relève les yeux et constate qu'en effet, au bout du chemin se trouve *Sage Green Ranch*. Je règle la course – un prix exorbitant – et sors du taxi. Ma valise dans une main, j'inspire profondément. Je suis à la maison.

Mes pas font crisser les cailloux qui jonchent l'allée de terre battue. Mon regard embrasse les environs, je constate que les nouveaux chevaux sont enfin arrivés et que quelques camions de chantier sont présents sur les lieux. Nos retrouvailles ne se feront pas dans l'intimité que j'espérais, mais peu importe !

C'est Kaz qui me voit en premier.

Cameron est quant à lui occupé à discuter d'un point du chantier avec l'un des ouvriers. Ils sont tous les deux penchés au-dessus d'une table d'appoint installée entre la grange et la maison. Le cowboy désigne un point sur ce que je devine être un plan.

Kaz se met à aboyer et à courir dans ma direction. Le tapage provoqué par le chien, qui d'ordinaire se montre discret, attire l'attention. L'ouvrier relève la tête, fronçant les sourcils, visiblement mécontent d'être interrompu dans sa discussion. Quand les yeux de Cameron se posent sur moi, c'est comme si je venais de m'embraser. Je cesse de respirer un instant. Les jambes coupées, je ne parviens pas à faire un pas dans sa direction. Je reste là, statique, à le regarder.

De nous deux, il est le premier à reprendre ses esprits. Il avance dans ma direction et mon cœur le rejoint. Nos corps entrent en collision. Ses bras me serrent contre son torse, sa tête se niche dans le creux de mon cou. Nous nous respirons, nous agrippons l'un à l'autre.

— Ne me laisse plus jamais repartir.

Il me serre plus fort contre lui, si fort qu'il me fait mal, mais c'est un mal agréable. Un mal qui le rend tangible, un mal qui me fait comprendre qu'il est bien là, que je n'ai pas rêvé mon retour. J'ai bien franchi l'océan une seconde fois, j'ai bien retrouvé mon chez moi.

— Plus jamais, confirme-t-il.

Je ne sais pas combien de temps nous restons enlacés, je sais juste qu'une sensation de vide s'empare de moi à l'instant où nous nous écartons.

Les mains de Cameron se posent sur mes joues. Ancrage calleux dans la réalité.

— Tu es là.

Je souris et lorsque ses pouces s'activent sur mes joues, je comprends que j'ai commencé à pleurer.

— Je suis là, confirmé-je.

Mes mains se posent sur les siennes avant de remonter le long de ses bras, de trouver ses joues et, d'enfin, l'attirer à moi.

Ses lèvres se posent sur les miennes timidement, avant de prendre confiance. Plus rien n'existe alors autour de nous. Il n'y a plus d'ouvriers, plus de Kaz qui sautille à nos côtés, plus de chevaux qui hennissent au loin. Ce n'est que lui, que moi, que nous.

— Viens, me dit-il en prenant ma main.

Il m'entraîne vers la maison d'un pas rapide, faisant fi des ouvriers qui nous jettent des coups d'œil entendus.

— Cameron ! tenté-je de l'arrêter.

Il tourne le regard vers moi, par-dessus son épaule et la flamme qui embrase ses pupilles est la plus belle chose que j'aie pu voir. Il dirige son attention vers les ouvriers et, d'une voix forte, leur déclare qu'ils peuvent rentrer chez eux. Je pourrais être mortifiée à l'idée de ce qu'ils pensent – et qui est vrai – mais je ne le suis pas. Rien ne me fait honte quand je suis avec Cameron. Je n'ai jamais été aussi téméraire qu'en sa présence, tout comme il n'a jamais été aussi ouvert qu'en la mienne. Il n'attend aucune réponse avant de reprendre le chemin de la maison.

Lorsque la porte se referme derrière nous, il plonge sur moi et pose ses lèvres sur les miennes. À tâtons, nous trouvons le chemin de la chambre. La porte se referme sur nos corps enflammés, s'ouvrant sur notre radieux avenir.

ÉPILOGUE

cinq ans plus tard

Les arbres changent de couleur à mesure que l'automne gagne du chemin. Assise sur le perron, je regarde Cameron hisser Rosalie sur le dos de Bronx. L'imposant cheval le paraît encore plus avec notre fille sur le dos. Un doux sourire se dessine sur mes lèvres quand je vois mon mari tenir fermement Rosalie tout en faisant avancer Bronx. Fière comme un coq, notre petite aventurière de quatre ans se cramponne à la crinière de l'animal, un grand sourire fendant son visage.

Une pile de dossiers à mes côtés, je reporte mon attention sur celui que j'étais en train d'étudier. Depuis cinq ans, les demandes ne font qu'affluer pour les futurs élèves de *Sage Green Ranch*. Si Cameron s'est retiré du circuit, il n'en reste pas moins une pointure et sa réputation n'est plus à faire. Le fait qu'Olivia ait gagné de nombreuses compétitions de *barrel race* et soit en lice pour les championnats du monde nous ont aussi aidé à nous faire notre clientèle.

Un cri retentit et je redresse la tête en vitesse ; rien de grave, Bronx s'est ébroué et cela a surpris Rosalie.

Cameron la rassure et l'aide à descendre de cheval quand elle manifeste son envie de courir avec Kaz. Notre bon vieux compagnon est moins fringant qu'il y a cinq ans, mais il est toujours partant pour faire les quatre cent coups avec Rosalie.

Katherine n'a jamais manifesté son envie de le reprendre avec elle, malgré son installation récente dans les environs. Son tour du monde finit et la naissance de Rosalie ont été deux arguments de choix pour qu'elle emménage à quelques kilomètres de là. Cameron et elle ont enfin pu renouer et panser les blessures du passé. Il va sans dire que nous n'avons aucun contact avec leurs parents. Cameron, étouffé par leur attitude lorsqu'il était jeune, n'a jamais manifesté l'envie de les revoir après le seul rodéo où je l'ai accompagné.

— Tu t'en sors ?

Il se laisse tomber à côté de moi et je viens me nicher contre lui, appréciant son contact comme à chaque fois. Rosalie en profite pour aller jouer un peu plus loin, sous la surveillance assidue de Kaz.

— Oui, j'ai déjà recalé tous les candidats qui n'ont pas déposé leur dossier à temps.

Cameron grimace, il me trouve parfois trop dure sur les délais imposés. Mais si nous devions faire des exceptions à chaque fois, nous ne pourrions pas proposer des services de qualité. Cameron et Jamie étant les deux seuls instructeurs de notre structure familiale.

Des pneus crissent sur le gravier, attirant notre attention.

— Je vais chercher Rosalie.

Cameron se lève et part à la recherche de sa fille, incapable de rester loin d'elle plus de quelques minutes. Ils sont comme larrons en foire tous les deux. De mon côté, je me redresse en me massant le bas du dos, tiraillé par les derniers mois de ma seconde grossesse. Il est encore trop tôt pour que mes parents ne viennent nous rendre visite, eux qui ont fait une habitude de venir passer l'hiver dans notre ranch.

Je fronce les sourcils en découvrant un pick-up inconnu dans notre allée. Un jeune homme de fière allure en descend. Encore un peu loin de lui, je l'observe alors qu'il fait les cent pas devant le véhicule, son chapeau dans une main. Il s'agite dans tous les sens, comme s'il révisait un discours qu'il s'apprêtait à déclamer devant une assemblée.

— Je peux vous aider ?

Mon intervention le fait sursauter. Il se remet vite de ses émotions et pose son chapeau sur sa tête avant de me saluer.

— Bonjour m'dame, Dallas Ewing, se présente-t-il en me tendant la main.

— Ah, j'ai entendu parler de vous. Bravo pour cette saison.

Maintenant que je suis plus proche de lui, je le reconnais. C'est un jeune espoir du rodéo, qui s'est particulièrement fait remarquer pendant le circuit de cette année, brillant par sa victoire au rodéo de Bigfork dans le courant de l'été.

— Merci, m'dame, répond-il en baissant la tête.

J'attends qu'il en dise plus, mais comme ce n'est pas le cas, je l'encourage :

— Vous veniez pour…

Il se racle la gorge tandis que je laisse ma phrase en suspens, puis il débite d'une voix rapide :

— J'ai loupé les inscriptions à la fac, je voulais savoir si vous aviez de la place pour moi.

J'aurais dû m'en douter ! Tous les ans c'est la même chose. Il y a trois ans, nous avons proposé à l'Université du Montana un partenariat pour permettre aux étudiants boursiers de suivre les cours dispensés par Cameron. Les places sont encore plus limitées que les cours qu'il donne habituellement et je suis encore plus regardante sur les dossiers. Pourtant, tous les ans c'est la même rengaine, un jeune ou deux se présentent au ranch dans l'espoir de nous amadouer pour avoir une place. Si ça ne tenait qu'à Cameron, il les prendrait tous sous son aile. Et même si ça me brise le cœur de voir la déception dans le regard de ces potentielles recrues, je reste intransigeante. Elles ne se rendent jamais compte du travail que cela demande pour Cameron et je refuse qu'il s'épuise pour leurs beaux yeux.

— Je suis désolée, toutes les places ont été pourvues.

— Il n'y a pas moyen de faire une exception ?

— Jeune homme, je commence en croisant les bras sur ma poitrine, si je faisais des exceptions à tout bout de champ, je recevrais des légions de jeunes cowboys.

Dallas baisse la tête. Quand il la relève, son regard me foudroie. Il est plein de détermination.

— Si je ne peux pas m'inscrire dans ce cours, je vais perdre ma bourse.

— Il fallait vous inscrire dans les temps.

Je sais que je suis dure, mais j'ai appris qu'il ne fallait pas céder devant les cowboys du coin. J'ai beaucoup changé depuis la première fois que j'ai mis les pieds dans le Montana.

— S'il-vous-plaît…

— Je suis désolée, nous n'avons plus de place.

Sa mâchoire se crispe.

— Essayez au prochain semestre, dis-je en soupirant.

Il hoche la tête pour me saluer et repart dans son pick-up. Je regarde le véhicule s'éloigner dans un nuage de poussières. Je ne laisse échapper mon souffle qu'une fois qu'il est hors de vue.

— Qu'est-ce qu'il voulait ?

Cameron s'est approché de moi, Rosalie sur une hanche.

— Comme d'habitude, réponds-je en haussant les épaules.

— Tu es sûre qu'on ne pouvait pas lui trouver une place ? J'ai suivi son parcours et…

— Cam, le coupé-je, si on fait des exceptions sans arrêt, on ne va jamais s'en sortir.

— Je sais, soupire-t-il finalement avant de passer un bras autour de mes épaules et de m'attirer contre lui.

Cameron dépose un baiser sur mon front et nous regagnons la maison.

— Et puis, reprends-je alors que nous franchissons le seuil, quelque chose me dit qu'on n'a pas fini d'entendre parler de Dallas Ewing.